俺を好きなのはお前だけかよ⑭

oewo sukinanoha omaedake kayo

駱駝《らくだ》

illustration ブリキ

contents

デザイン●伸童舎

コスモス／秋野《あきの》 桜《さくら》
生徒会長。クールな見た目だが、実は結構ポンコツで乙女チック。
ひまわり／日向《ひなた》
俺の幼馴染で、運動神経だけは抜群な天然系ビッ

「『三色菫《パンジー》』。この名前を、貴女に貸してあげる」

パンジー／三色《さんしょく》院《いん》菫《すみれ》子《こ》
なぜか俺にだけ超毒舌な
図書室の主。

サザンカ/真山亜茶花《まやまあさか》
元・ギャル。今は清楚な外見だが、実際
は野獣でカリスマ群のリーダー的存在。

俺を好きなのはお前だけかよ

orewo sukinanoha
omaedake kayo

駱駝《らくだ》

illustration
ブリキ

14

俺は抱きしめられる

エピローグ

「さっみぃなぁ～」

クリスマス・イヴ。

一人商店街を歩きながら俺――ジョーロこと如月雨露《きさらぎあまつゆ》が呟《つぶや》いた言葉がこれ。普段と比べてやけに張り切っている心臓を鎮《しず》めるために言ってみたんだが、効果はなし。俺の心臓は外の気温なんか知ったことかと言わんばかりに、激しい鼓動を刻み続けている。気持ちは分かるけどよ、少しは落ち着こうぜ――自分に自分で言い聞かせる。意味はない。

「まさか、俺がこんなことになるとは……」

自分に分《わ》かり易《やす》すぎる変化を引き起こしたクリスマス・イヴ。

以前までの俺は、この文化が大層気に喰《く》わなかった。

だって、そうだろ？

キリスト《クリスマス》の誕生日を祝うのはまだ分かるが、なぜわざわざ前日にまで祝わにゃならん？

しかも、クリスマス・イヴの『イヴ』ってのは、『EVENING』の略なんだぜ？

だったら、『イヴ』じゃなくて『イブ』って表現しろよ。無駄にかっこつけて、『ヴ』を使いやがって。そもそもこいつは、日本独自の文化って話も聞いたことがある。

国民全員がキリスト教徒ってわけでもねぇのに、クリスマス・イヴなんてのたまってはしゃぐ？　……くだらねぇ。俺はクリスマスだけで十分だ——と、思っていたわけだが、いやはや……、その手の平は見事にひっくり返すことになったわけだ。

俺は今、クリスマス・イヴという文化に感謝している。

理由は簡単。自分に、『恋人』という存在ができたから。

だから、俺はキリスト教徒でもないのに、『クリスマス・イヴ』という言葉にかこつけて、アイツと二人きりで過ごす日を作り出した。「折角のイヴだし、一緒に過ごそうぜ」なんて、少し前の俺が聞いたらどんな顔をするだろうな？　軽くぶん殴られてたかもしれん。

「……色々あったな」

今年の四月から始まった物語ももう終盤。今までの物語で、俺は多くの絆《きずな》を紡《つむ》いできた。

そして、紡《つむ》いだ絆《きずな》によって訪れた、伝えなければならない日……二学期の終業式。

あの日、俺は三つの絆《きずな》を破壊する言葉と、絶対に失いたくない一つの絆《きずな》を守るための言葉をあいつらに伝えた。

罪悪感はないのか？　と聞かれたらもちろんある。ないわけがない。

けどよ、その罪悪感に捕らわれていたら、絶対に失いたくないたった一つの絆《きずな》を失っちまう。

だから、『クリスマス・イヴ』という言葉を利用して俺は罪悪感を忘れてるんだ。

「……今日だけは、な」

口から洩《も》れる白い息と共に罪悪感を吐き出すと、俺はアイツのことだけを頭に浮かべながら、再び歩を進めていった。


「……しくじった」

やっべぇ……。やっちまったぞ……。

待ち合わせ場所の駅前の時計台に到着する直前、俺は自分の大きな失敗に気づいた。

待ち合わせ時間は午後五時ちょうど。なのに、午後四時五十五分に到着しちまった。

いつもアイツとの待ち合わせは、絶対に時間通りに来てたってのに、今日に限ってどうして
……気がはやったからだ。くそ。

「いや、慌てるな……」

僅かに身を隠しながら時計台を確認すると、アイツの姿はない。

だから、待ち合わせ時間ちょうどになるまで、どこかに隠れていれば——

「おわっ！」

願い虚《むな》しく、背中に襲いかかってくる衝撃。

そして、瞳に映ったのは俺の体を抱きしめる二本の腕。……ちっ。もう来てやがったか。

「ふふん。感謝しなさいよ？　わざわざ早めに来てあげたんだから」

背中から感じる柔らかな感触、加えて頭部まで密着させているのか、首筋には生温《なまぬる》い吐息が

伝わってくる。……これで、平常心でいろと？　いられるわけがない。

「感謝の前に、何をしているか問いかけたい気持ちでいっぱいなのだが？」

緊張を悟られないよう、冷静さを心掛けて発言。だが、できるのはそこまでだ。

今、振り向いたらまずい。

ついさっきまであんなに寒かったというのに、今は全身が尋常ではない熱を発している。

どうにか気持ちを落ち着けてからじゃないと、自分の顔を見せられない。

「『私の時間の証明』というのが、適しているかもしれないわね」

またわけの分からないことを言い始めやがった……って、んなこと気にするのは後だ。

とにかく、この女が自主的に俺を解放するように仕向けなくては。

「鬱陶しいから離せ」

「やーだよ。ぜったい、はなさないもん」

作戦失敗。むしろ、状況が悪化した。

やけに楽しそうな声で駄々をこねつつ、よりいっそう強く抱きしめてきやがった。

ええい、もう我慢の限界だ！　顔を見られても気合で押し切ってくれるわ！

「いいから、離れろっつうの！」

「まったく。君は、本当に乱暴な人だね。……ふふっ」

よし！　問答無用で腕を振りほどいてやったぞ！　あぁ～！　恥ずかしかった！

ったく、こっちは滅《め》茶《ちゃ》苦《く》茶《ちゃ》苦労したってのに、楽しそうな声を出しやがって……。

まぁ、いい。んじゃ、さっさと振り向くとするか。

……俺の一人だけ特別大好きな女の子の顔を見るために。

すると、そこに立っていたのは——

第一章

俺は一人目とはまだ出会えない

他校の生徒会長とクラスメートの偽《にせ》彼氏を演じた二学期の始まり。

串カツ屋さんと焼鳥屋さんのよく分からない聖戦に巻き込まれた体育祭。

大切なイルミネーションを巡り、三人の少女が自分を犠牲にしようとした事件を、新聞部の少女とどうにか解決した繚乱祭《りょうらんさい》準備。

ずっと喧嘩《けんか》をしていた男と紆余《うよ》曲折《きょくせつ》を経て仲直りをした繚乱祭《りょうらんさい》。

憧憬と悔恨に囚《とら》われていたもう一人の幼馴染《おさななじみ》と再会を果たし、歪《いびつ》だった絆《きずな》を真《ま》っ直《す》ぐに結び直した修学旅行。

これは全て、俺——ジョーロこと如月雨露《きさらぎあまつゆ》が二学期に経験したことだ。

なぁ、すごくねぇか？　どう考えても、普通の高校二年生じゃねぇだろ？

一生に一度、あるかないか分からないようなイベントが目白押しだ。

これだけ色んな経験をしていると、まだ何かあるんじゃねぇかと身構えちまうが、その心配をする必要はない。なんせ、激動の二学期はもう終盤へとたどり着いているのだから……。

いったい、これから俺達《たち》の関係はどう変化してしまうのか？

それは誰にも分からない……。

予想通り予想外のトラブルに見舞われた修学旅行から戻ってきて、「あぁ～、やっぱりこっちはあったかいなぁ～」なんて呑気《のんき》に地元と北海道《ほっかいどう》の温度差を堪能《たんのう》するも、現実逃避には至らず。俺……いや、俺達《たち》にとって最大の山場となる『終業式』の日は、刻一刻と迫っていた。

もちろん、覚悟は決まっている。しかし、元来根性なしの俺だ。つい、心のどこかで「その時が来ないでほしい」とも考えてしまい、もうすぐ期末テストだというのに、みんながいる図書室ではなく、みんながいない『ヨーキな串カツ屋』にやってきていた。

アルバイトで体を動かせば、一時的にではあるが自分の問題を考えずに済むだろうという浅ましい思惑を抱いての行動だったのだが、

「はぁ～……。何やってんだよ、俺……」

現実は、俺の浅ましさを容赦なく打ち砕いた。

結局、あいつらから逃げ出した罪悪感で、より憂鬱になるっていうね。完全に悪循環だ。

帰りのHRが終わると同時に、大急ぎで『ヨーキな串カツ屋』に来たまではよかったんだが、そこから先がアウト。勤務時間までの事務所待機の時間がまずかった。僅かとはいえ何もしない時間があると、つい余計なことを考え始めちまうんだよ……。

「うししし！　悩んでるねぇ、若者！」

「……チェリーさん」

背後から聞こえてきたのは、バイト仲間であるチェリーこと桜原桃《さくらばらもも》の明るい声。以前までは、唐菖蒲《とうしょうぶ》高校で生徒会長という役職に就いていたが、現在は無事引退。受験も推薦入試で終わらせているため、十二月の高校三年生という状況にもかかわらず、ここ最近はバイト三昧。

できることなら、俺も来年はこんな立場になりたいものだ。

「若者って……、チェリーさんも大して変わらないじゃないですか」

「年は一個しか違わないけど、気持ちはうちのほうが断然上っしょ！」

『ヨーキな串カツ屋』のユニフォーム姿で、自信満々にサムズアップ。

悔しきかな。まるで言い返す余地がない。四人の女の子の気持ちに対してどうするかウダウダ悩んでいる俺と、受験と恋愛という二つの山を乗り越えたチェリー。……まぁ、恋愛のほうにかんしては、若干遭難気味ではあるのだが……。

それでも、どちらが気持ちに余裕があるかは火を見るより明らかだ。

「あ。修学旅行の前はありがとうございました。チェリーさんのアドバイスのおかげで、自分の間違いに気づけたんで」

「うしし！　うちは、優しくて頼りになる年上のお姉さんだからね！」

普段ならば「調子に乗るな」と思うところだが、今回は例外。

修学旅行に行く前、俺は四人の女の子と『二学期のおしまいに一人にだけ気持ちを伝える』という約束をしていた。……だけど、その約束じゃダメだったんだ。

たった一人の女の子とだけ盛り上がって、他の子達《たち》はほったらかし。どう考えてもアウトだ。向こうが真剣な気持ちを俺に抱いて頑張ってくれた以上、こっちもそれ相応のことはしなきゃならない。そうじゃなきゃ、申し訳が立たねぇよ。

だから、俺はあいつらとの約束を一度破棄した。そして、全ての気持ちにしっかりと決着をつけるために、『二学期のおしまいに、全員に気持ちを伝える』という約束を新たに結んだのだ。

もちろん、全員に同じ気持ちを伝えるのではないが……。

「けど、そこからはちょっち予想外だったっしょ！　まさか、みんなが『それぞれと二人きりで過ごす時間を作ってほしい』なんて言い出すなんてさ！」

「そうですね。俺もかなり驚きました……」

「でも、ジョーロっちはそのお願いを受け入れたんだよね？　ねぇ、どうして受け入れたの？正直な話、君にとっては決意を鈍らす不都合な約束だと思うけど？」

「それが、あいつらへのせめてもの礼儀かなって……」

「もしかしたら、残酷な思い出になるかもしれないのに？」

「……はい」

チェリーの言わんとしていることは分かっている。俺も同じことは考えた。

だけど、たとえ残酷なものだとしても、あいつらが望むのなら応えたい。

終業式までに、自分ができることは全部やっておきたかったんだ。

「ちなみに、もうみんなとはそれぞれ二人きりで過ごしたの？」

「いえ、まだです。いつにするかは、あいつらが自分達《たち》で決めるって言ってましたから。……多分、期末テストの後のテスト休みになるんじゃないかなって」

「あっ！　確かにそこがいいタイミングかも！　みんな、何をするんだろうね！」

「さぁ……」

一応、ボンヤリとした内容だけは前もって聞いてるんだけどな。

『ワクワク色々ツアー』、『私と図書室で過ごしてほしい』、『一日体験ジョーロ』、『年齢なんて関係ないぃ』。聞いた結果、一つを除いて何をしたいかさっぱりだったのが問題だ。

「なら、期末テストが終わって、それも終わったら……いよいよってことか！」

そうなんだよ、来ちゃうんだよ。……終業式が。

「チェリーさん、何だか楽しそうですね？」

「嫌そうに迎えるよりも、楽しそうに迎えたほうが気持ちは楽になると思ってね！」

ちっ……。いつも通り、からかえよな。

「……ありがとうございます……」

「うしし！　どういたしましてぇ！　ま、もちろん自分が楽しいってのもあるんだけどね！女の子は、コイバナが大好きだもん！」

あっけらかんとした笑みを浮かべて、人差し指を立てて俺に向けるチェリー。

パッと見ると、能天気にしか見えないがその瞳はやけに優しくて、

「大丈夫だよ、ジョーロっち。みんな、しっかり覚悟は決めてるっしょ。だから、どんな結果になっても、君が一番守りたい絆《きずな》は壊れない。これからも一緒にいれるっしょ！」

俺の最大の懸念事項《けねんじこう》まで全部お見通しか……。

そうなんだ……。俺が一番恐れているのは、自分とあいつらの関係が壊れることじゃない。一番怖いのは、アイツとあいつらの絆《きずな》が壊れちまうことだ……。

「それに、もしそうなった時はうちがどうにかしてみせるっしょ！　もちろん、うちだけじゃなくて、ツバキっちとかヒイラギっちにも手伝ってもらうけど！」

「そう言ってもらえると、安心します」

「うしし！　どういたしましてぇ、二回目！」

今度はVサインを向けてきた。恐らく、二回目という意味を含んでいるのだろう。

「それじゃ、もうすぐお仕事の時間だし、早く行くっしょ！」

「はい。そうですね」

問題は何も解決していないが、自分の心の中にあった重荷が少しだけ軽くなった。

最初は失敗したと思ったが、今日はアルバイトに入っていて大正解だったな。

ありがとな、チェリー……。

「うきゃぁぁぁ！　痛いっしょぉ～……」

「わっ！　ちょ、大丈夫、チェリーちゃん⁉　あぁ、ビールが……」

「くぅぅぅ！　今日もドジッ娘桃《こもも》ちゃんは絶好調！　何もないところで転んで、ビールを天井にぶちまけるなんて、並の転び方じゃないぜ！」

店内に響くのは、チェリーの悲鳴、金本《かねもと》さんの心配そうな声、お客さんの溌溂《はつらつ》とした声。

最初は失敗したと思ったが、今日はアルバイトに入っていて大失敗だったな。

勘弁してよ、チェリー……。

まるで雨漏りをしたかのように、天井から滴《したた》る生ビール。何が起きたかは聞いての通り。

チェリーが、ずっこけた上に重力を無視して天井にビールをぶっかけたからである。

そうだよね……。チェリーがバイトに入ってるってことは、予想外のアクシデントが予想通り発生するってことだったよね。だってこの人、ドジだもん。

「だ、大丈夫っしょぉ～……。ごめんなさい……、金本《かねもと》さん」

「ううん、気にしないでいいよ。誰だって失敗はあるからさ」

ヨロヨロと立ち上がるチェリーを優しく励ます、我らがバイトリーダー金本《かねもと》さん。

「如月《きさらぎ》君、それが終わったらチェリーちゃんと一緒に掃除をお願い！」

「はい。分かりました」

しかし、その優しさは女性限定なのか。俺にはしっかりと新たな仕事をパス。しかも、本来ならばやる必要のない仕事を。天井にぶちまけられたビールをモップでふき取る仕事があるのは、世界広しといえど、『ヨーキな串カツ屋』だけではないだろうか？

「……大人しく図書室でみんなと勉強をしているべきだったか？」

忙しさは求めていた。何も考えずに体を動かしていたいとも考えていた。

しかし……、これは度を越えている！　ただでさえ夕方の時間帯はやばい『ヨーキな串カツ屋』だというのに、今日は普段のざっと三倍。その原因は全て……

「ジョーロっち！　モップとってき──」

「ほぶっ！」

「あぁ！　ご、ごめんなさい！　金本《かねもと》さん！」

「だ、大丈夫……。それより、その危険物《モップ》を早く如月《きさらぎ》君に……」

ツインテールのドジ神様、桜原桃《チェリー》にある。モップを運びがてら、しっかりと金本《かねもと》さんの顔面にナイスヒット。金本《かねもと》さんの顔が、ムックみたいになった。

「色んな意味で奇跡すぎるだろ……」

事務所では、ちょっと頼れるお姉さんだったというのに、仕事が始まるとあら不思議。あっという間に、想定外のトラブルだけを引き起こし続ける悪魔へと早変わり。

「はぁ～。今日はちょっち調子が悪いっしょぉ～……」

「大丈夫ですよ、チェリーさん。いつも通り、ちゃんと仕事はできてますって」

「ほんと?」

「はい。……色んな意味で」

「ありがとぉ〜、ジョーロっち!」

そう……。本当に色んな意味でチェリーはいつも通りちゃんと仕事ができているのだ。

この女は、ここまでのことをやりながらも、店に多大な利益をもたらしているのだから。

……え? ただ、天井にビールをぶっかけただけだろだって? 確かにそう見えるよな。

チェリーは、普段からとにかくドジを引き起こす。

皿を割る、飲み物をぶちまけるなど序の口。臨時バイトで来ている野球部のマネージャーたんぽぽこと蒲田《かまた》公英《きみえ》に鼻フックをかます、臨時バイトで来ているたんぽぽのスカートをパンツごと脱がす、臨時バイトで来ているたんぽぽの眼球へ的確にからしをぶちまける等々……。

ちなみに、そんなチェリーのドジへの恐怖からか、最近たんぽぽが皿洗いに来る回数が減ってしまい、俺の同級生でこの店の店長でもあるツバキこと洋木《ようき》茅春《ちはる》は、「何とか正式なアルバイトとして雇えないかな?」と悩みを吐露していた。

俺や金本《かねもと》さんとしても、ドジの受け皿《たんぽぽ》が来てくれないと自分に被害が回ってくるので、最近はあいつをどうにかして正式なアルバイトにできないかと考えている。

って、いかんいかん。話がそれたな。

今はチェリーのドジの話ではなく、チェリーが店にどんな利益をもたらしているかだった。

唐菖蒲《とうしょうぶ》の元生徒会長にして、現在は『ヨーキな串カツ屋』の店員であるドジ神様、チェリー。

周りに、ただただ迷惑をかけている悪魔に思われがちなのだが、

「桃《もも》ちゃん、今日も頑張ってるねっ！　さすがだよ！」

「まさか、ビールを天井にかけるとはっ！　本当に楽しませてくれるぜっ！」

「別にうちは、みんなを楽しませようと思ってやってないっしょ！」

「おっと、これは悪かったね！　なら、お詫《わ》びに生中を追加しよう！　これで勘弁して！」

「こっちは、たこわさと豚串二本だ！　桃《もも》ちゃんへのお詫《わ》びにね！」

「うぅ～！　ご注文、ありがとうございます!!」

やけくそ気味に、感謝の言葉を告げるチェリー。

この通り、チェリーはこの店でダントツナンバー1の人気店員なのである。

可愛《かわい》くて明るい女の子が、一生懸命働いてうっかりドジをする。そんな姿が、どうにもお客さんの母性や父性を激しく刺激するようで、「『ヨーキな串カツ屋』には、とんでもないドジをする可愛《かわい》い店員さんがいる」という謎の評判が生まれ、チェリーがバイトに入っている日は、来店者が普段の三倍以上に及ぶ。今も外には長蛇の列が出来上がり、店内も店外も美味《おい》しい串カツとファンキーなドジを堪能したいお客さんで溢《あふ》れかえっている。

さらに……

「かねもっさん！　補充終わりました！　オーダーいってきます！」

「早いね！　助かるよ！　なら、お会計は僕がやっておくね！」

チェリーによる、『お客さんの大量増加』＋『ドジの悲劇』を想定している他の店員の動きが、格段によくなる。結果として、チェリーのドジによって普段よりも仕事が増えているにもかかわらず、普段よりも円滑な業務体制が整ってしまうという謎現象。

利益は上がるわ、他の店員のスペックは上がるわで、店長のツバキさんはホクホク。

ちらりと厨房《ちゅうぼう》の様子を確認してみると、

「ふふふっ。チェリーさんが働いてくれて、大助かりかな♪　ふふ～ん♪」

あんな上機嫌に鼻歌を歌うツバキなんて、チェリーがくるまでみたことがなかった。

——とまぁこのように、チェリーは色んな意味ですごい奴《やつ》……ふぼっ！　……なのである。

「よぉ～し！　頑張って、さっきの失敗を取り戻すっしょ！　まずはモップで、天井の汚れを綺麗《きれい》にしちゃわないとね！」

「フェリーひゃん。当はってまふ」

「わっ！　わわわっ！　ごめんっしょぉ～！」

張り切ってモップを動かすのはやめようね。俺の顔面もムックになったから。

天井の清掃は俺がやって、チェリーには雑巾で床を拭いてもらおう。

彼女に、扱いの難しい危険物《モップ》をこれ以上持たせるわけにはいかない。

「よし！　拭き終わったっしょ！」

「そうですね」

天井は俺がモップで、床はチェリーが雑巾でふき取ることで無事にビールの撤去を完了。

自分の足元でチェリーが蠢《うごめ》いているという恐怖が、俺の作業効率をグッと上げたおかげで、さほど時間はかからなかった。本当に、俺の下半身が無事でよかった。

「ふぅ〜。ここからは落ち着くといいっしょぉ〜！　ジョーロっち！　うちね、今日のバイトが終わったら、美味《おい》しいハンバーグ屋さんを探しに行こうと思ってるんだぁ！」

やめて、変なフラグをたてないで。平和がドンドン遠のいていくから。

一応、美味《おい》しいハンバーグ屋さんと言われたら、とある声優さんの地元でもある静岡のさわやかなお店を俺はおすすめしておくけど。

とまぁ、そんなさわやか事情はさておき、次は何の仕事をやろうか？

どこもかしこも大忙しなので、いつも通りホールでオーダーをとるか、テーブル清掃などをすべきだと思うが、そこにはもれなくトラブル《チェリー》がついてくる。

すでに、モップによるムック化をお見舞いされたので、これ以上のドジ被害は他に担当してもらいたい。よし、ここは一人で厨房の補充でも……って、あれ？

「ジョーロ、チェリーさん、ちょっといいかな？」

「ん？　どうした、ツバキ？」「どしたの、ツバキっち？」

珍しいな、普段は厨房にしかいないツバキが、わざわざホールに来るなんて。

「二人にお客さん。なんだか大事な話があるみたいかな」

「『俺達《たち》（うちら）に大事な話？』」

俺とチェリーに大事な話、とな？

どっちかだけなら分かるのだが、二人そろってとなると少し妙な話だ。バイト仲間ではあるが、俺とチェリーに『大事な話』をされるような共通点なんてあったっけ？

「ジョーロっち、ジョーロっち！　大事な話だってよ！　なんか、楽しみだね！」

この女には、警戒心というものがないのだろうか？

いきなり、『大事な話』と来たんだぞ。どう考えても、警戒案件だろうに。

「だから、ちょっとお仕事はお休みして、事務所に行ってもらってもいい？　こっちは、みんなが頑張ってくれてるから、二人が少し離れても大丈夫かな」

そうだね。みんな、ドジ神様を恐れてとんでもないスピードで働いてるもんね。できることなら俺もチェリーのいないそっち側に回りたいが……。

「おう……」

ツバキには逆らえねぇよな。

「分かったっしょ！　大事な話、楽しみっしょぉ～！」

こうして、俺はやけに張り切るチェリーと共に事務所へと向かっていった。

道中、チェリーは三回こけた。

「こんにちは。ジョーロ君、チェリー先輩」

「は？　パンジー？」

「あー！　パンジーっちっしょ！」

ツバキに言われた通り事務所へ向かうと、そこで俺達《たち》を待っていたのは予想外の人物。

西木蔦《にしきづた》高校の図書委員……パンジーこと三色院菫子《さんしょくいんすみれこ》だ。

「なんでここに？」

格好は、三つ編み眼鏡ペッタンコスタイルに、くるぶしがかろうじて見えるロングスカートの制服。今日も、本来の巨乳美人の良さを徹底的に殺す地味っ子ファッションだ。

「二人に大事なお話をしたかったからよ。ツバキから聞いていないかしら？」

「聞いてたけどよ、てめぇには図書室の業務があるから放課後は……」

「向こうはアイリス達《たち》にお願いしてきたわ」

事務所のパイプ椅子に座ったまま、淡々と報告をするパンジー。ツバキが出したであろうお茶を飲む仕草が、やけに様になっている。

まずいぞ……。『大事な話』という時点で警戒すべきなのに、それが『パンジーの大事な話』ときた。俺の中の警戒レベルが、一気に最高レベルまで達したね。

「パンジーっちから大事な話って、なんだか嬉《うれ》しいっしょ！　うしし！　いいよ、何でも相談して！　うちは、優しくて頼りになる年上のお姉さんだから！」

どうやら、このドジ神様の頭の辞書には『警戒』という言葉がないようだ。とても能天気な様子で先輩風を激しく吹かせている。ビールを天井にぶっかけ、ここに来るまでに三回ずっこける醜態をさらしておきながら、なぜここまで調子に乗れるのか？

「ありがとうございます、チェリー先輩。でしたら、早速本題に入ってもいいですか？」

「もちろんっしょ！」

どうせ聞くことになるのだから展開は早いに越したことはないが、本当に大丈夫か？

パンジーからの大事な話だぞ？　かなり厄介なパターンの可能性が……、

「これから二人には、私と一緒に唐菖蒲《とうしょうぶ》高校の図書室へ行ってほしいんです」

あれ？　思ったよりも普通の内容じゃね？

理由はまるで分からないが、別段難しい内容では……、

「……と、唐菖蒲《とうしょうぶ》高校の図書室にぃぃぃぃ!?」

あ、そうだった。俺にとっては難しくない内容でも、チェリーにとっては別。

今のチェリーにとって、これはある意味最高難度の頼み事だったな……。

「む、むむむむりっしょぉ！　いくら、パンジーっちの頼みでもそれは無理！」

両手をブンブンと横に振りながら、拒絶の意志を示すチェリー。ついさっきまで、先輩風を

激しく吹かせて調子に乗っていたというのに、今は完全に慌てふためいている。

なぜ、パンジーが俺達《たち》を唐菖蒲《とうしょうぶ》高校の図書室へと連れていきたいかは分からないが、チェリーの態度の理由はよく分かる。なんせ、唐菖蒲《とうしょうぶ》高校の図書室にはいるからな。かつて、チェリーが想《おも》いを寄せていて、今は幼《おさな》馴染《じみ》の恋人ができた男……ホースこと葉月保雄《はづきやすお》が。

「だって、図書室にはいるじゃん！　うち、繚乱祭《りょうらんさい》から一度も顔を合わせてないいんだよ⁉

なのに、今日突然なんて、絶対無理っしょ！」

チェリーは、西木蔦《にしきづた》高校の文化祭……繚乱祭《りょうらんさい》で失恋をした。誰が悪いという話ではないが、誰が一番気の毒かと聞かれたら、間違いなくチェリーだろう。今までずっと仲が良かった二人が恋人関係になり、自分の気持ちは届かなかったのだから……。

「チェリー先輩、まだ話は終わっていないんです。せめて、最後まで——」

「最後まで聞かなくても、分かるっしょ！　うちとそ、その、ホ、ホ、ホ……ホ的な男の子を仲直りさせたいとかそういうのでしょ⁉」

そこは、ホースでよくない？

「そういうわけではありません。もちろん、ホ的な男の子がかかわった話ではありますが」

パンジー、のらんでいい。

「だったら、同じっしょ！　今はそういうのは無理！　それに、今日はアルバイトもあるし！　うち、ツバキっちからも『チェリーさんには毎日いてもらいたいかな』って言われるくらい、頼られてるし！」

　そうだね、ある意味頼られてるね。他のバイトメンバーからは、恐れられてるけど。

「大丈夫です。ツバキから許可はとっていますから」

「ツバキっち、ひどいっしょ！　うち、このお店の主戦力なのに！」

　調子に乗るな……と言い切れないのが、悔しいところである。

「チェリー先輩。せめて、話を――」

「い！　や！　うちは、行かない！　ホ的な男の子がいるもん！　それはまだ早いっしょ！」

　だから、ホースと素直に言いなさい。

「ジョーロっち、優しくて頼りになる年上のお姉さんとして命令するっしょ！　パンジーっちのお願いはジョーロっちが聞いて！」

　優しくて頼りになる年上のお姉さんは、後輩に自分がやりたくないことを押し付けないよ？

　気持ちは分からなくもないけど、少しくらい落ち着いたほうがいいんじゃない？

「じゃ、じゃあ、うちはバイトに戻るから!!　……うきゃぁ！　痛いっしょぉ～……」

　逃げようと振り返ってドアに激突した。ドジの安定力が桁違いである。

「うぅぅ～！　大丈夫！　壁はぶちやぶるものっしょ！」

　現在進行形で『ホ的な男子』という壁から全力で逃げている女が、壁ではなくドアを開いた。

「チェリー先輩、待って下さい。貴女《あなた》がいないと――」

「大丈夫！　うちがいなくても、ジョーロっちがいれば何とかなるっしょ！　うちが、いきなり行ったら、逆に迷惑かけちゃうっしょ！　じゃ、じゃあね！」

もうひとずっこけぐらいあるかと思ったが、今度はしっかりと逃げていった。

なるほど。こういう時は、ドジの発動が――

「うきゃぁ！　いたいっしょぉ～……」

本当に、どこまでも期待に応えきる人だ。事務所を出てからずっこけたか。

はぁ……。バイトが始まる前は、すげぇ頼れる感じがあったのにな。始まってからは、天井にビールをぶっかけるわ、俺と金本《かねもと》さんをムックにするわ、パンジーからは逃げ出すわ……。

やはり、チェリーを優しくて頼りになる年上のお姉さんと思うにはまだ時間がかかりそうだ。

「困ったわ……。まさか、話も聞いてもらえないなんて……」

チェリーに逃げられたのが、中々に困る事態だったのだろう。

パンジーにしては珍しく、露骨に落胆を表している。

「連れ戻してくるか？」

「お願いしたいのだけれど、仮にそれをやった場合、どんな事態が起きるかしら？」

「軽く三人は犠牲になると思う」

逃げ回るチェリーのドジによって。

「……さすがに、そこまでツバキに迷惑をかけられないわね」

俺も賛成。お客さんは楽しんでくれているが、店員側としてはチェリーのドジは中々の刺激物なのだ。さわらぬ神に祟《たた》りなし。それが、チェリーなのである。

「で、なんで唐菖蒲《とうしょうぶ》高校の図書室にわざわざ行くんだ？」

いなくなったチェリーについて話すのはここまでにして、本題に戻ろう。

俺も一瞬、ホースとチェリーを仲直りでもさせたいのかと思ったが、どうもさっきの口ぶりからするとそういう話ではないようだし。

「実はね、唐菖蒲《とうしょうぶ》高校の図書室で困ったことが起きているの」

「は？　困ったことだぁ？」

唐菖蒲《とうしょうぶ》には、どんな問題でもご都合主義で片付けるラブコメの化身、ホースがいるだろ。

なのに、困ったことってのは……

「深刻な人手不足が起きているみたいなのよ」

それ、七巻でやらなかった？

俺がチェリーとサザンカの偽《にせ》彼氏をやりつつ、報酬でカリスマ群の皆様に人手不足の図書室の手伝いをしてもらえることになったじゃん。まぁ、西木蔦《うち》高校の図書室の話ですけど。

つか、あの時にチェリーの付き合いで唐菖蒲《とうしょうぶ》の図書室に行ったが、人手不足なんて状況にはまるで見えなかったぞ。利用者も業務側も多すぎるくらいにいたはずだ。

「それ、本当か？」

「ええ、本当よ」

真《ま》っ直《す》ぐな目で、パンジーはそう言った。

この女は、色々と隠し事をしてくる奴《やつ》だが、嘘《うそ》だけは絶対につかねぇからなぁ～。

つまり、マジで起きちまってるってことだ。パンジーが『深刻』という程の人手不足が。

「んじゃ、なんでてめぇがんなことを知ってるんだよ？」

「教えてもらったの。唐菖蒲《とうしょうぶ》高校の図書室で深刻な人手不足が起きていて、ホース君がすごく大変そうだって。……だから、誰かに手伝ってほしいとも」

なるほどね。つきみかフーちゃんから教えてもらったってわけか。

つまり、俺達《たち》が唐菖蒲《とうしょうぶ》高校の図書室に行く理由ってのは、

「だから、私達《たち》でホース君達《たち》のお手伝いをしましょ」

って、ことなのだろう。

「あの人達《たち》には、前に色々と助けてもらったでしょう？　恩返しはするべきよ」

「加えて、てめぇの中学時代のお礼もしたいってことか？」

「ええ。その通りよ」

一学期に、俺達西木蔦《たちにしきづた》高校の図書室閉鎖危機を救ってくれたのはホース。

加えて、パンジーが中学時代に真の姿が原因で色々と困っていた時に助けていたのもホース。

……こうやって考えてみると、あいつマジで主人公だな……。とまぁ、それはさておきだ。

「念のため確認するが、てめぇが唐菖蒲《とうしょうぶ》の図書室に行きたい理由は、恩返しのためだけか？」

「違うわ」

やっぱりな。どうせ、他にも何か企《たくら》みがあると思ったよ。

「私自身、唐菖蒲《とうしょうぶ》高校の図書室の危機は見過ごせないの」

いつになくやる気に溢《あふ》れてるな、おい。

なんで、そんなに唐菖蒲《とうしょうぶ》高校の図書室に思い入れを持ってんだっつうの。

「つまり、てめぇの個人的な希望に付き合えと言っていると判断していいか？」

「そうとも言えるかもしれないわね」

「だったら、行かねぇよ。面倒だし、なんか嫌な予感が――」

「お願い……、ジョーロ君」

「お、おい！　いきなり何やってんだよ⁉」

ちょっと待てよ！　パンジーが、いきなり俺に頭を下げてきたじゃねぇか！

今まで、こんなこと一度だってあったか？

「唐菖蒲《とうしょうぶ》高校の図書室を今のままにはしておけないの。元に戻さないと、先に進めないわ」

「先に進めないって、どういうことだよ？」

「私達《たち》の約束の日、終業式を迎えるにあたって必要なことという意味よ」

意味が分からん……。

なんで、唐菖蒲《とうしょうぶ》高校の問題と西木蔦《にしきづた》の……いや、俺がみんなに気持ちを伝える約束の日……終業式とかかわってくる？　誰がどう聞いても、関係ないって言うようなことじゃねぇか。

「全部綺麗にしておかなくてはいけないの。何もかも……、他の全部を終わらせてからじゃないと、ダメなのよ。……だから、お願いジョーロ君。貴方《あなた》の力を貸して……」

つまり、唐菖蒲《とうしょうぶ》の図書室問題が何かしらのけじめにかかわっているってことか？

むぅ……。ここまで真剣に頼まれると、つい情に流されて首を縦に振りたくはなってくる。

しかしだ、

「あのな、パンジー。てめぇが本気なのは伝わってきたが、事情がまるで見えてこねぇ以上、俺が手伝うことはねぇ」

そもそも、俺の上位互換であるホースに解決できない問題が、俺に解決できるか。

ちょっとばかり心にしこりは残っちまうが、失敗して余計にしこりをでかくするよりも、このままかかわらないほうがいいに決まっている。仮に、終業式がからんでいるとしてもだ。

「どうしても？」

「どうしてもだ。もし、来てほしいんだったら、もっとちゃんとした説明を──」

「これ以上は説明したくないわ」

『できない』じゃなくて、『したくない』。……つまり、何か隠しているってわけか。

はぁ……、こんなちょっとした会話からパンジーの本音が見えるようになっちまうなんて、俺も成長したのかしてねぇのか……。

「だったら、俺の返事も変わらねぇよ」

「仕方ないわね。それなら……」

「てめぇは何を……お、おい！」

こいつ、さっきから本当に何やってんだよ⁉　今度はいきなり立ち上がったと思ったら、顔を近づけてきやがって！　なんで耳元に口を……って、ん？

「は？　はぁぁぁ⁉」

パンジーが、小さな声で伝えてきた言葉。

その内容は、俺にとってあまりにも予想外で、思わず目を見開いてしまった。

「……てめぇ、本気か？」

「もちろんよ」

マジだ……。今回のパンジーはどんなことがあっても、俺を唐菖蒲《とうしょうぶ》の図書室の手伝いに参加させるつもりだ……。まさか、コイツを使うとは思わなかった……。

「ねぇ、ダメかしら？」

パンジーが使ったのは、まさに切り札。たった一度しか使えないが、その効果は絶大だ。なんせ、確実に俺を従わせることができるのだから。

「ねぇ、ダメかしら？」

ぐっ！　狙ってやっているのか知らんが、そんな困った顔でこっちを見んなよな。

「二回も聞いてくんな！」

「だって、ジョーロ君がお返事をしてくれないんですもの」

「……ちっ」

さて、どうする？　正直に言わせてもらえば行きたくない――というよりもかかわりたくない。ホースが解決できないほどの問題というだけで、難易度が一気に跳ね上がる上に、パンジーが明らかに何かを隠しているという不安要素まであるからだ。

どう考えても、終業式という超重大イベントの前に軽くこなせるようなことじゃない。

だから、何を言われようと拒否をしたほうがいい。

……が、もし頼みを断ったら、パンジーの隠していることは永遠に分からない気がする。

以前、繚乱祭《りょうらんさい》で俺はホースから『君の周りにいる人は、全員君の敵になる。君は独りになると思う』と言われたことがある。あの言葉の意味は今でも分からねぇが、ホースが言うってことはパンジーがかかわっていることである可能性がメチャクチャ高いんだ。

もしかしたら、唐菖蒲《とうしょうぶ》高校の図書室の手伝いをすればその疑問の答えにたどり着けるかもしれない。いや、たどり着けないにしても何かしらの手がかりがつかめるかもしれない。そして、逆に手伝いをしなかった場合は、俺は二度と答えにたどり着けない。そんな予感もする。

あとさ……、ぶっちゃけこれってチャンスだよね？

だって、もし仮によ？　仮にではあるけど、ここで俺が奇跡的に唐菖蒲《とうしょうぶ》のトラブルを解決できたら、あのホースにでっかぁ〜い貸しが作れちゃうよね？

あいつは敵に回すと恐ろしいこと極まりないが、その分味方になった時の頼もしさはえぐい。

加えて、別に人手不足の問題を解決できなくとも、そもそも手伝った時点で貸しは一つ！

今後、俺に起きるかもしれないトラブルのことも考えると……

「よし！　俺達《たち》で手伝いに行ってやるか！」

「何やら、とても打算に満《み》ち溢《あふ》れた表情をしているわね……」

気のせいだよ？

困っているのを助けてあげたんだから、あとで十倍助けろとかホースに言わないよ？

「待ってろよ、ホース！　友達のピンチは、必ず助けてみせるぜ！」

「はぁ……。一緒に来てくれるのはありがたいけど、胡散臭《うさんくさ》い台詞《せりふ》が癇《かん》に障《さわ》るわね」

「はっはっは！　気にするな、パンジー！　それより、早く行こうぜ！」

こうして、俺はパンジーと二人で唐菖蒲《とうしょうぶ》高校の図書室へと向かったのであった。

よ〜し！　たまには主人公らしく頑張っちゃうぞぉ〜！

「これで、最低限の目的は達成できそうね」

ん？　パンジー、何かボソッと呟《つぶや》いたか？

※

「ホース、俺が来たからにはもう安心だぜ！　大船に乗ったつもりでいろよな！」

「……泥船が来た……」

はて？　おかしいな？

友人のピンチに颯爽《さっそう》と駆け付けたこの俺が、なぜかまるで歓迎されていないではないか。

ははーん。さては、照れているな。仕方のない奴《やつ》だ。

「パンジー、ありがとう。……あと、迷惑をかけちゃってごめん」

「気にしないでちょうだい。これは、私にとっても重要なことだもの」

やはりホースは照れ隠しで、俺にはつい冷たい態度をとってごまかしているに違いない。

大丈夫、俺にはちゃんと分かってる。まったく、素直じゃない奴《やつ》だ。

少しくらいは素直に感謝しても……

「おお、神よ……。我に祝福をもたらしに……」

そこまで感謝せんでいいぞ、つきみ。

あと、祝福とかそういう機能はついてないから、俺。

「はぁ……。ジョーロにだけは知られたくなかったのに……。いったい、誰が……」

「ホース、神に隠し事、不可能。言わずとも悟ってしまう」

パンジーから聞いただけだよ？　パンジーに情報を漏らしたの君じゃないの？

つうわけで、唐菖蒲《とうしょうぶ》高校の図書室に来た俺とパンジーを歓迎するのは、俺の上位互換で今回は貸しの作り先であるホースこと葉月保雄《はづきやすお》と、お口の主張は少なめ、お胸の主張は大きめなつきみこと草見月《くさみルナ》。態度の落差が激しすぎて、こちらもリアクションに困る。

ちなみに、今日図書室業務をしているのはホースとつきみだけではなくもう一人。

校門から俺達《たち》をここまで案内してくれた……

『わざわざありがとう。来てくれて、本当に助かった』

かつて、俺がチェリーの偽《にせ》彼氏を演じていた時に知り合った、ついうっかり男装なんかもしちゃう女の子、唐菖蒲《とうしょうぶ》高校の新生徒会長……リリスこと蘭頂朱《らんちょうあかね》だ。生徒会長になっても相変わらず、自分の口ではなくスマートフォンに文字を打ち込んで会話を成立させるようだ。

「しかしまぁ、こっちの図書室もすげぇ人数の利用者だな」

「そうね。特に勉強をしている人達《たち》がよく目立つわ」

簡単な挨拶を済ませた後に唐菖蒲《とうしょうぶ》の図書室を確認すると、西木蔦《にしきづた》に負けず劣らず……いや、西木蔦《にしきづた》よりも遥《はる》かに賑《にぎ》わっている様子が見受けられる。

特に目立つのは、受験勉強のためにやってきている三年生らしき生徒達《たち》の姿。

もちろん、他学年で純粋に本を読むために訪れている生徒もいるが。

前に来た時から思ってたんだが、唐菖蒲《とうしょうぶ》の図書室ってアットホームな雰囲気なんだよな。どこか落ち着く居心地の良さを感じるというか……。こりゃ、人気の場所になるわけだ。

しかし、だ。

「ね？　本当だったでしょう、ジョーロ君」

「ああ。明らかに足りてねぇな。……業務側が」

多くの利用者で賑《にぎ》わっているのとは正反対に、業務に携わっている生徒が誰一人いない。

前に来た時は、軽く十人以上はいたにもかかわらずだ。

つまり、今俺達《たち》と話しているホース、つきみ、リリスの三人で業務をやってるってことか。

普通の図書室なら三人もいれば十分だと思うが、これだけの利用者がいるとなると……。

「ホース。てめぇがいて、どうしてこんなことになった？」

ここに向かう途中、パンジーに人手不足になった原因を確認したが、「予測はできるけど、確証はないから言わないわ」と言われた。どうせその予測であってるから教えろと思ったが、『言わない』と決めたパンジーは絶対に言わないことはこれまでの付き合いでよく分かっている。

「……えっと、先に手伝いをお願いしてもいいかな？　やることが色々あってさ」

できることなら、さっさと事情を聞いて、解決できそうなら解決したかったが、その根本となる問題の上に山積みになった『図書室業務』を片付けなければ、『人手不足の原因』までたどり着くことはできないらしい。まぁ、言わんとしてることも分かるよ。

「結構……いや、すげぇ量がたまってるな……」

受付にたまっているのは、文字通り山積みになっている返却された本。代わりに、図書室の棚には要所要所空きが目立っている。こいつを片付けて、利用者が円滑に図書室を使えるようにするのが最優先であることは言うまでもないだろう。

ま、そっちが先でもいっか！

まずは、『手伝った』っていう事実で、ホース君に貸しを一つ作っちゃえるわけですし！

「分かったぜ！　俺に何もかも任せてくれよ！」

「……何とか、ジョーロだけ帰せないものか……」

絶対、帰らないよ？　君に貸しを作って、俺が困った時に『前に助けてあげたよね？』って言う気満々だもん。

「それで、ホース君。私は何をすればいいかしら？」

「パンジーは、リリスと一緒に受付をお願いしてもいいかな？」

「分かったわ。よろしくね、蘭頂《らんちょう》さん」

『よろしく、三色院《さんしょくいん》さん』

以前までの関係が嘘のように、友好的な態度で会話をするホースとパンジー。

ただ、リリスとは体育祭で会っているとはいえ、まだ関係値が低いようで少し余所余所《よそよそ》しさが感じられる。さりげなく人見知りなんだよな、パンジーって。

「んじゃ、俺は受付にたまってる本を元の棚に戻せばいいか？」

「うん。つきみちゃんと一緒にお願い」

まさか、自分の恋人であるつきみを、いくら害はないと信用されているとはいえ、別の男である俺と組ませるとは……。ホースの奴《やつ》、大分追い詰められてるな。

「神の御業《みわざ》を間近で見れるとは……僥倖《ぎようこう》」

本を戻す程度で御業《みわざ》とか出ません。事の重さを理解しているのやら……。いや、理解したうえで俺ならば全て解決できるとか思っていそうだ。重度の如月《きさらぎ》信者ですし。

とりあえず、細かいことは気にせず、目先の業務を片付けるか。


それから、唐菖蒲《とうしようぶ》での図書室業務がスタート。

パンジーとリリスが受付を。俺とつきみは本を戻しつつ、本が正しい場所にしまわれているかの確認。ホースは、生徒の案内という役割についている。

「返却期限は一週間よ。忘れずに返しにきてちょうだいね」

「うん。ありがとっ！」

「ねぇ、ホース。樋口《ひぐち》一葉《いちよう》の本ってどこにあるの？」

「それならこっちだね。案内するよ」

西木蔦《にしきづた》よりも遥かに多い利用者達《たち》。中でも目立つのは、先程パンジーも言っていたが、勉強をしている三年生の生徒達《たち》だ。どこぞの乙女生徒会長やドジ神生徒会長は推薦入試で受験を終わらせているが、それはあくまでごく一部。

ほとんどの三年生が、試験前の追い込みに必死な様子だ。

他は、設置されたソファーで本を読む下級生達《たち》。

さすが名門校の生徒というべきか、本を読む姿がやけに様になっている。

設備の差は仕方ないが、この穏やかな雰囲気を西木蔦《にしきづた》でも生み出せたらと思ってしまう。

本当に、みんな楽しそうにしてるよな……。

「つきみ、ちょっといいか？」

「なんでしょう、神？」

チョコチョコとやってくる仕草は可愛《かわい》いが、台詞《せりふ》がまるで可愛《かわい》くない。

図書室の手伝いがてら、あわよくばこの女を如月《きさらぎ》教から棄教させたいのだが……

「この本をどこに戻すかさっぱり分からなくてよ、場所を教えてもらえるか？」

「なんと。ただ手伝うだけでなく、ワタシが本を戻す場所を正確に覚えているか確認までしていただけるとは……。まさに、試練《トライアルチエッカー》を与《と》えし者」

好解釈からの崇拝度の上昇が止めどない。いったい、俺はどこまでいってしまうのか？

「ここです、神」

「おう、サンキューな。……さて、次は……」

うーん。手伝っていたら人手不足の原因が分かると思ったが、やっぱり分からん。

こんないい図書室なのに、なんで業務をする側の人間が極端に少ないんだ？

この盛況ぶりなら、最低でも五人はいないとまともに機能しなくなることくらい、みんな分かりそうなもんなんだけどな……。


「よし。これで、粗方片付いたな」

一冊の本を本棚にしまったところで、一息。

まだチラリホラリと本を返却する生徒がいるので完全にというわけではないが、受付に山積みになっていた本はさばききったし、多少は落ち着いた。

「さすが神。普段よりもずっと早く終わった」

人手が増えたからだと思うよ。別に俺がすごいわけじゃないと思うよ。

どうせ聞いてくれないだろうから、何も言わないけどさ。

「でも……このままじゃ、いけない」

小さくこぼれたつきみの弱音。

あまり感情が表情に出ないつきみだが、今は何を考えているか手に取るように分かる。

そうだな……。確かに、この状況はまずい。

俺達《おれたち》も二学期からはサザンカやカリスマ群の皆様が手伝ってくれることになってどうにかかな

ったが、それまでは人手不足で頭を悩ませていたから気持ちはよく分かる。

「……今日はパンジーと神がいるけど、明日は……」

よし。ちょうど余裕もできたし、聞くなら今だな……。

「なぁ、つきみ。唐菖蒲《とうしょうぶ》の図書室って、前から人手不足だったのか？」

「違う。人手不足、最近起きた」

だろうな。少し前……二学期の始まりに俺が唐菖蒲《とうしょうぶ》の図書室に来た時は、人手不足どころか多すぎるくらいにいたもんな。

「なんで、そんなことになったんだ？」

「……ワタシのせい」

「は？」

曇った表情をさらに曇らせて、つきみが小さく言葉を漏らす。

なぜ、つきみのせいで唐菖蒲《とうしょうぶ》の図書室で人手不足が起きるのだ？

こいつは俺を崇《あが》めること以外では、特に迷惑をかけるようなことは……

「つきみちゃん。本を戻すのが終わったなら、案内を手伝ってもらっていい？　僕だけだと、手が回らないからさ」

「分かった」

ちっ。タイミングがいいのか悪いのか、つきみが行っちまった。

できれば、もう少し事情を……ん？　なんかホースが近づいてきたんだが……

「あまり、つきみちゃんをいじめないでほしいな」

はい、狙っていたわけですね。んなこったろうと思ったよ。

「別にいじめてるつもりはねぇよ」

「なら、いいけど。……あ、手が空いてるなら、受付を手伝ってきてもらえる？」

「おう……。分かったよ」

できることならつきみからもっと詳しく話を聞きたいが、この男が許してくれそうにない。

仕方ねぇ……。今は指示に従っておくか。

「あと、別につきみちゃんが原因でこうなったわけじゃないから」

違うんかい。だったら、何が……

「むしろ、僕が原因だよ」

おい、去り際に俺の疑問をややこしくする捨《す》て台詞《ぜりふ》を残していくな。


「お疲れ様、ジョーロ君」

「ああ。パンジーもお疲れ」

事情を知っていそうなつきみとホースから正確な話が聞けなかった俺は、モヤモヤとした気持ちを抱えたまま受付の手伝いへ。

といっても、ちょうどタイミングがよかったようで、借りに来る生徒はまるでいない。

「こっちもやっと落ち着いたわ」

「そうみたいだな」

はぁ……。ホースとつきみから話を聞こうとしたが、残念ながら空振り。

なので、あとは大人しく手伝いだけを……するわけないじゃ〜ん！

ちょうど本を借りに来る生徒が全然いなくなったしな！　これぞ、ホース時空！

万歳、ご都合主義！　ということで、事情を知ってそうな奴《やつ》に聞いてみよう！

「なぁ、リリス。ちょっといいか？」

『なに？』

以前まで、ホースとはちょっとアレな関係だったリリスが図書室を手伝っているんだ！

これで事情を知らないわけがないでしょうに！

「なんで、図書室は人手不足になったんだ？　つきみからは『ワタシが原因』って聞いて、ホースからは『僕が原因』って聞いたんだが……」

「…………」

おいおい、前髪が長いから分かりづらいけどよ、そんな深刻な表情をするなよぉ〜！

大丈夫、ジョーロ君が華麗に解決してあげちゃうから！　できる範囲で！

『原因は二つある』

「二つ？　もしかして、それでつきみとホースは自分が原因だって……」

『違う。それは、原因の一つ』

　ややこしいな。とりあえず、ホース&つきみ絡《がら》みの原因は合わせて一つらしい。

　となると、もう一つ何か原因があると思うのだが……

「なら、もう一つの原因はなんだ？」

「………」

　静かな図書室に、小さく響くスマートフォンの操作音。ほんの僅かなためらいを見せた後、リリスはスマートフォンの画面を俺へと向けてきた。

『チェリー会長』

　あのドジっ子かぁぁぁぁ!!　くそっ！　西木蔦《にしきづた》でも存分にドジを振る舞いまくっていたが、やはりホームの唐菖蒲《とうしょうぶ》でもドジをまき散らしていたか！

　しかも、それで図書室が人手不足に陥《おとしい》れるとは……なんて恐ろしいドジだ……。

　いったい、何をやらかした!?

　図書室で手伝いに来た生徒達《たち》のズボンやスカートを、徹底的に脱がしたのか!?

　はたまた、うっかり転んで的確に男子生徒の急所を破壊したのか!?

　まずいぞ……。簡単な問題だったら気軽に解決して、ホースに貸しを作ってやろうとか考えていたが、あのドジが絡《から》んでいるとなると、相当……いや、驚異的に面倒な予感がする……。

「やっぱり、そういうことだったのね」

「は？　パンジー、てめぇは原因に気づいてたのか？」

「違うわ。予測していただけよ。ここに来る途中にも言ったじゃない」

そういや、「予測はできるけど、確証はないから言わないわ」って言ってたな。

「むしろ、ここまで聞いてなぜ貴方《あなた》は理解できないのかしら？　脳神経が腐っているとしか思えないわね……」

ほっとけ。世の中の人間は、てめぇみたいにすぐ察する能力は持ち合わせてねぇんだ。

断じて、俺がおかしいわけではない。

『三色院《さんしょくいん》さん、すごく賢い。ホースの言ってた通りだ。貴女《あなた》が来てくれてよかった』

ねぇ、俺は？　俺もいるよ？

「で、その原因ってのはなんなんだよ？」

「自分で考えないで答えをすぐ知ろうとするなんて、情けない人。……けど、これ以上時間を無駄にしたくないし、頭の中が愚者愚者のジョーロ君にも説明してあげるわ」

その毒舌が一番無駄な時間だと思うよ、俺は。

「最初に前提条件を確認するけど、ここの図書室は利用者が多い分、通常の人数では業務側が人手不足になってしまうこと、ボランティアの人が必要なことは分かっているわよね？」

「分かってるよ、西木蔦《にしきづた》も似たようなもんだろ」

普通、図書室ってのは業務側が一人か二人いれば、十分どうにかなる。

だが、西木蔦《にしきづた》や唐菖蒲《とうしょうぶ》みたいに大勢の利用者がいる場合はそうならない。

受付での貸し出しと返却対応、本を元に戻す作業、生徒を案内する役目。それぞれ複数人で対応しないと、とてもじゃねぇがまともには機能しない状況だ。

西木蔦《にしきづた》だと、図書委員はパンジーだけだが、カリスマ群の皆様やコスモス達《たち》が時間の空いている時に手伝ってくれているからどうにかなっている。が、現状の唐菖蒲《とうしょうぶ》では、リリスしか手伝っていない。図書委員もホースとつきみだけ。だから、どうにもならない。

「よかったわ。それなら、続きにいきましょうか」

最低限のことは理解しているのね、と嘲笑されたような気分になった。ちょっとムカつく。

「まず一つ目の……ホース君とつきみが原因のほうだけど、これは単純に二人が恋人同士になったからだと思うわ。二人……いえ、ホース君は女の子から人気があった。だから、彼と一緒に過ごすことを目的で手伝いに来てくれていた人がいなくなったのでしょうね」

『大正解』

あ～！　そういうことね！

そういや、前にここに来た時もやけにホース目当ての妹軍団が登場してたな。

ただ、肝心のホースに恋人ができた。それで手伝いってのは………ないよな……。

だから、つきみは『ワタシが原因』、ホースは『僕が原因』って言ったわけか。

なるほどな。なら、解決方法だが……まったくもってございません！

いや、無理だって！　これはデリケートな問題だって！

やっべぇな……。チェリーのドジよりは、ホースとつきみ絡《がら》みの問題のほうが解決しやすいと思ったが、初《しょ》っ端《ぱな》から解決不能の問題が飛び出してきたじゃねぇか……。

「次に、チェリー先輩が原因のほうだけど、これは単純にチェリー先輩が図書室に来なくなったから、手伝う人が減ってしまったのよね？」

『大正解』

「はぁ？　なんだよ、それ……」

「あの人、中学時代からすごく人気があったのよ。『ドジだから、ほっとけない』、『ドジを見ているだけで面白い』って。人望だけなら、ホース君よりも上だったかもしれないわ」

「そんなに人気があったのか⁉」

「ええ。そもそも人望がなければ、チェリー先輩に生徒会長なんて務まるわけがないじゃない。あの人、優秀な人材を集める能力だけはすごく長《た》けているのだから」

ねぇ、パンジーさん？　さりげなく、チェリーをけなしていらっしゃらない？

いやね、すごく納得はできるんだけどね。あいつ、『ヨーキな串カツ屋』でも大活躍だし。

「だから、何とかチェリー先輩にも来てもらおうとしたのに、事情を説明する前に逃げられてしまってとても困ったわ」

それでパンジーは、『ヨーキな串カツ屋』でやけに一生懸命チェリーを引き留めていたのか。

ただ、残念なことに相手が制御不能のドジ神様だったけど。

『加えて、もうすぐ受験だからって三年生の人達《たち》も手伝いに来られなくなって、二年生の人達《たち》もそろそろ本格的に受験の準備を始めたいって、来なくなっちゃったの』

さすが、名門唐菖蒲《とうしょうぶ》高校。西木蔦《にしきづた》とは、受験に対する姿勢が違う。

前に聞いた話だと、唐菖蒲《とうしょうぶ》って本来高校三年生でやる範囲の勉強を、高校二年までに全部終わらせて、残り一年間は受験勉強のための授業になるらしいしな。

ホースとチェリーの件もあるが、手伝いに来なくなった奴《やつ》らの中には、『来なくなった』のではなく、『来れなくなった』奴《やつ》らも大勢いるのだろう。

まずいな……。

こいつは、今日初めて手伝いに来た俺達《たち》が解決できそうな、簡単な問題じゃねぇぞ。

だが、このまま何もしなかったら、唐菖蒲《とうしょうぶ》の図書室が閉鎖されてしまう可能性もあるわけで。

『ジョーロ、何かいい案ある？』

ないよ？　そんな唐突にアイディアが浮かぶほど、俺って優秀じゃないの。

「えっと……学校側に相談して助けてもらうとか……」

『もうやった。だけど、先生達《たち》も受験勉強のサポートとかで忙しいから、生徒で解決してほしいって言われたの。もし、できない場合は図書室を一時的に閉鎖して、受験勉強も終わって、新入生が入ってくる来年の一学期から再開したらどうだって言われて……』

それでよくない？　別に閉鎖しないじゃん？　もはや、万々歳じゃん？

『でも、その間にみんなが図書室に興味をなくしちゃったら、また閉鎖しようってなるかも』

大丈夫さぁ！　その辺りは以前のノウハウがバッチリあるホース君に何とかしてもらえばいいじゃないか！　同じ手は二度通じる！　これで、問題は全部解決──では、納得しない表情でリリスさんがこっちを見てるね……。

「えーっと……そうだな。なら、図書委員を増やすってのはどうだ？　これなら、先生の力を借りなくても……」

『委員会の割り振りは、新学期にやる。だから、増やせるとしても来年からなの』

「ぐっ！　なら、来てる利用者にボランティアを頼むのはどうだ!?　……ほ、ほら！　普段から図書室を使っている奴《やつ》らなら……」

『受験勉強をしに来てる人がほとんど。他の人達《たち》も、部活とかアルバイトが休みの日の息抜きに図書室を使っているの』

貴重な休みを奪うわけにはいかないってね！　至極真っ当なご意見ですよ！

よし！　諦めよう！

仕方ないよね！　だって、解決できそうにないんだもん！　それに、大丈夫！

そもそも、利用者が多い図書室を閉鎖するなんて学校側が許さないだろうし、何とかなる！

俺達《たち》は、所詮子供なのさ。そして、子供のピンチで頑張るのは大人の皆様だ！

「なら、やっぱり新学期まで待つしか……」

『このまま、少しでも図書室が閉鎖したなんて話を聞いたら……、あの子が悲しんじゃう』

「はい？　あ、あの子？」

『一人目の図書委員』

なんだ、その選ばれし者みたいな言い方は？

「えーっと、図書委員ってホースとつきみだけじゃねぇのか？　もし来てない奴《やつ》がいるなら、そいつに来てもらえれば多少は楽に……」

『来てないんじゃない。彼女、今は来れないの』

深く表情を沈ませて、スマートフォンの画面を見せるリリス。

来てないじゃなくて、来れない。そいつは、ちょっと厄介そうな問題だな。

「そ、そうか。……一応聞くが、『一人目』ってのはそもそもどういう意味で……」

『一年前……、私達《たち》が一年生だった時、唐菖蒲《とうしょうぶ》の図書委員は彼女一人だった』

「えっと、その彼女のお名前は？」

「ジョーロ君。大切なのは名前ではなく、詳しい事情ではないかしら？」

そうですけどね！　なんか、気になるじゃん！　なんでかたくなに隠すんだよ！

別に名前を知ったところで、どうにもならないけど！

『本が大好きな彼女が、誰も希望者がいなかった図書委員を一人でやってたの』

ふむ。なんか、どこかでそっくりな話を聞いたことがある気がするのだが……。

ついでに、お名前は言わない方向なんですね。いや、いいんですけど。

『でも、図書室の利用者が少ないのが原因で閉鎖しそうになって……、その時はまだ副会長だったチェリー会長に私が相談したら、「図書室を助けよう」って言ってくれたの』

「は⁉　チェリーさんが？　助けたのは、ホースなんじゃ……」

『始まりはチェリー会長と私。ただ、二人だけじゃどうしようもできないからって、チェリー会長がホースやつきみ……それに、他の人達《たち》を集めてくれたの』

さすが、優秀な人材を集めることだけは得意なドジっ子だ。まさか、俺達《たち》が二学期にあの手この手でどうにか解決した人手不足を、最初から自分一人の人望だけで解決しているとは……。

同じ生徒会長のコスモスも西木蔦《にしきづた》でかなりの人望を持っているが、恐らくチェリーはその比ではないのだろう。

『ホースとつきみが図書委員になって、他のみんなと協力して利用者を増やして、図書室の閉鎖は阻止することができた。彼女も、ちょっと複雑そうな表情はしてたけど嬉《うれ》しそうだった』

ようするに、ホースとつきみは後から図書委員になった二人目と三人目の存在だったわけか。

だから、そいつが『一人目の図書委員』。

で、名前と来れない理由は？　説明されないね、そういう流れじゃないね。

『だけど、チェリー会長が図書室に来なくなった。だから……』

「利用者じゃなくて、業務側の人手不足が起きちまったのか」

人望のあるチェリーがいなくなったことに加えて、受験勉強っつうある意味ちょうどいい理由も生まれたことで、手伝いに来る奴《やつ》らがいなくなった。

ホースにも人望はあるのだろうが、あいつのはまぁ……そっち方面だからな。

恋人ができちまった以上、その力は失われたも同然か。

「ねぇ、蘭頂《らんちょう》さん。一つ聞いてもいいかしら？」

『なに？』

事情を最後まで聞いたところで、パンジーが静かにリリスへと話しかけた。

「どうして、貴女《あなた》は図書室を手伝っているの？　生徒会長になったのだから、忙しいわよね？」

言われてみればそうだな。俺からすると、リリスもチェリーが図書室のことをやっているから手伝っている奴《やつ》らの一人だと思ってたし。

『私は図書室を守りたい。入学して、誰とも話せなかった私に声をかけてくれて、最初の友達になってくれた彼女の大好きな場所を守りたいの』

どうやらリリスは、その『一人目の図書委員』と仲が良かったようだ。

チェリーにばかり夢中になっていると思ったが、ちゃんと友達は友達でいたらしい。

『彼女、もうすぐ帰ってくるの。その時に図書室が閉鎖なんて……絶対ダメ』

受付

ホースとつきみの件はどう考えても俺達《たち》の手に負える問題ではないし、第三者の俺達《たち》が介入すべきではないことだ。

つまり、人手不足解決の鍵となるのは間違いなく、唐菖蒲《とうしょうぶ》高校が誇るドジ神様……桜原桃《チェリー》。

あいつを何とか説得して図書室の手伝いをもう一度始めてもらえれば、恐らくあいつを慕っている奴《やつ》らが手伝いに来てくれて人手不足は解消されるだろう。

……分かってる。俺がすべきことはチェリーの説得だ。だけど……

「難しいな……」

そう簡単にできることじゃねぇ。

チェリーが図書室に来なくなった理由、そして自分が終業式でやろうとしていることを考えると、とてもじゃないが俺の口からあいつに「図書室を手伝ってほしい」なんて言えない。

今日だって、パンジーが唐菖蒲《とうしょうぶ》の図書室に来てほしいって言ったら、大慌てで逃げたしなぁ。

代案が何かあればいいんだが、……何も思いつかん。

「大丈夫だよ、リリス。図書室を閉鎖になんて、僕が絶対にさせないから」

「……ホース、どうしたんだよ、突然？」

ふと気がつくと、目の前にホースがやって来ていた。

どうやら、生徒の案内もひと段落ついて、少しだけ余裕ができたらしい。

「そろそろ、君がリリスから事情を聞いてると思ってね」

そこまでお見通しかい。ほんと、これだから上位互換は厄介なんだよ。

「事情を聞いて分かったでしょ？　今回の問題は、君では解決ができない。だから、余計なことはしなくていいよ」

「だったら、てめぇなら解決できるのか？」

売り言葉に買い言葉で、つい語気が強くなってしまった。だが、別に間違ったことを言っているとは思わない。唐菖蒲《とうしょうぶ》の人手不足問題を解消するには、少なくともさっき聞いた原因のどちらかを解決しなきゃならねぇんだ。原因の根本であるこいつに、解決ができるとは──

「うん。もちろんさ」

「は？」

「一つだけあるんだよ。……現状を打破できる確実な方法がね。しかも、その方法を使えば、君が聞いた二つの原因はどっちも解決できる」

自信ではなく確信を持った声で、ホースがそう言った。

そんな方法があるなら、さっさと……って……。

「おい、ホース。まさか、てめぇ……」

「あ、ようやく気が付いた？　うん、その通りだよ」

まずいぞ……。ホースがやろうとしている方法、それが何か俺には分かっちまった。

確かにホースの言う通り、その方法をとれば全部の問題はまとめて解決されるだろう。

だけど、ダメだ。それは、本来であれば取るべきでない最低の方法で……

『ホース、そんな方法があるの？』

藁《わら》にもすがる思いでスマートフォンの画面を見せるリリスに対して、既に覚悟を決め終わったのか、ホースは優しい笑顔を浮かべている。

「うん、簡単な方法さ。これからは、僕が──」

「ダメよ」

が、そこでパンジーがホースの言葉を制止した。

「え？　パンジー？」

「ホース君。その解決方法ではダメなの。私の目的は、『唐菖蒲《とうしょうぶ》の図書室を以前の状態に戻すこと』だもの。貴方《あなた》の方法では、そうはならないわ」

その通りだ。ホースのやろうとした解決方法には、確実に一人……図書室にとって重要な人物が犠牲になる。そいつを失って人手不足を解消したとしても、それは『以前の状態』とは言えないだろう。

「そうかもしれないけど、今のままだと……っ！」

「まだよ。まだ、やれることは全部やっていないわ」

どうやら、パンジーには何かしら秘策があるらしい。だったら、さっさと言えよと思ったのは一瞬。あのさ、パンジーさんはなんでこっちを見てるのかな？

まさか、この女……

「ジョーロ君。私達《たち》で人手不足を解消しましょ」

君、正気？

「いや、できるならやりたいところだけどよ、さすがにこの問題は……」

「そうね。確かにかなり難しい問題だとは思うわ。私達《たち》は部外者。唐菖蒲《とうしょうぶ》とは何も関係のない生徒だもの。……けど、リリスやホース君の気持ちをないがしろにはできないわ」

いつの間にか、パンジーのリリスの呼び方が『リリス』になった。

図書室を守ろうとしている想《おも》いに共感でもしたのか？

「だから、その気持ちは分かるけどよ。そもそも、方法がねぇだろ？」

「そうだよ、パンジー。僕だって色々とやってみたんだ……。けど、全部ダメだったんだよ。だから、残された手段は……」

「安心してちょうだい。私にいい作戦があるの」

「作戦だぁ？」「作戦かい？」

うっかり、ホースと言葉をハモらせてしまった。気が合うな、上位互換。

「ええ。一人、思い当たるのよ。唐菖蒲《とうしょうぶ》でかなりの人望を持つ人が。だから、その人にボランティアをしてくれそうな生徒達《たち》を説得してもらえば、人手不足は解消するかもしれないわ」

「そんな奴《やつ》がいるのか？」

つか、なんでてめぇがんなことを知ってんだよ？

俺が知ってる唐菖蒲《とうしょうぶ》の生徒は、ホース、つきみ、チェリー、フーちゃん、リリスだけだぞ。

いったい、誰のことを……はて？　そういえば、さっきからまるで生徒が受付に来ないな？

ご都合主義にしては随分と長い間来ないのだが、なぜだ？

ちょっと周りの様子でも……んなっ！

「ねぇ、あの人だよね？　ホースに勝って、チェリーさんのピンチを助けて、フーちゃんの悩みを解決した人って！」

「わぁ～！　パッと見は平均を下回るオーラしか出てないのに、実はそんなにすごいなんて、能ある鷹《たか》は爪を隠すってやつだね！」

「ど、どうする⁉　声をかけるか⁉　けど、俺達《おれたち》程度の下賤《げせん》の民じゃハイレベルすぎる会話についていけない可能性も……」

「つきみが言うには、相手の思考を全て読み切った上に、希望以上の希望を叶《かな》えるらしい。だから、『希望のその先へ《ビヨンド・ザ・ホープ》』って呼ばれてるって！」

そうだね。いたね。噂《うわさ》ばかりが先行して、本人の能力以上の評価をされすぎて、唐菖蒲《とうしょうぶ》で『伝説の男』とまで呼ばれるに至った男が……。

「なぁ、パンジー。それって、つまり……」

「ええ。唐菖蒲《とうしょうぶ》高校で尊敬されているジョーロ君が、時間に余裕があって、本当は図書室を手伝うことのできる生徒達《たち》を説得すればいいのよ」

『すごい。それは大名案』

大迷案だよ！　なに、伸びた前髪の下の瞳をキラキラさせてやがる！

「確かに、それならあるいは……」

ホース、てめぇも現実を見ろ！　追い詰められすぎて、トチ狂ったのか⁉

「無茶言ってんじゃねぇよ！　初対面の奴《やつ》に、いきなり『図書室を手伝え』って言われて、手伝う奴《やつ》がいるわけねぇだろ！」

「ジョーロ君、やらずに諦めるのはよくないと思うの。それに、貴方《あなた》だって自分で解決できるのなら、そうしたいと考えていたのでしょう？」

「考えた結果、無理だと判断したから諦めたんだよ！　大体、話した瞬間に俺の本来の能力がバレて……」

「安心してちょうだい。その辺りは、私がどうにかごまかしてみせるわ。だから、ジョーロ君は無様な姿をさらしていれば大丈夫よ」

「それ、全然大丈夫じゃねぇから！」

どう考えても、誰も手伝いにこねぇパターンのやつじゃねぇか！

「あとな、仮に俺達《たち》が生徒を説得に行くとして、ここはどうするんだ？　今は俺とてめぇが手伝いをしてようやく回る状況に――」

「もちろん、準備はしてあるわ」

「は？　てめぇは何を――」

と俺が言い切ろうとした瞬間、図書室のドアが激しく開いた。

するとそこから現れたのは、

「パンジーちゃん、おっまたせぇ！　おべんきょーのきゅーけーにお手伝いにきたよ！」

「すまないね。プリムラさんに生徒会のことを教えていたら、遅れてしまったよ」

「ふ、ふん！　まぁ、息抜きにはちょうどいいから、手伝ってあげるわよ！　向こうは、あの子達《たち》に任せてきたし、ちょうど暇だったし！」

「へへっ！　待たせたな、パンジー！　俺が来たからには、もう安心だぜ！」

幼馴染《おさななじみ》のひまわりこと日向葵《ひなたあおい》。元生徒会長のコスモスこと秋野桜《あきのさくら》。クラスメートのサザンカこと真山亜茶花《まやまあさか》。そして、俺の親友にして野球部のエース、サンちゃんこと大賀太陽《おおがたいよう》だ。

「な、なんで、みんなが……」

「ジョーロ君に声をかける前にお願いしておいたの。手が空いたら、唐菖蒲《とうしょうぶ》高校の図書室を手伝いに来てほしいって」

おいおい、パンジー。本当にどうしちまったんだよ？　前々から何を考えているか、よく分からねぇ奴《やつ》ではあったが、今回の行動は特に意味不明だ。

助けたいって気持ちは分かるが、ここまでやる気になるほどじゃねぇだろ？

「最初に言ったでしょ？　私は、昔の恩返しのために来ているって」

「だとしても、こいつはやりすぎだろ！　てめぇは……」

「ふふっ。どうしてでしょうね？　……さ、ジョーロ君。こっちはみんなに任せて、生徒の説得に行きましょ。ちゃんとお願いした通り、私のお手伝いをしてちょうだいね」

しかも、来る前の約束でちゃっかり俺までしばりつけやがった！

はぁ……。本当にこの女は、厄介極まりないやつだよ……。

第二章

俺の最後のお手伝い

予想外の事態というのは、何度経験しても慣れないものだ――なんて、当たり前のことを考えながら間抜け面を披露する俺を置いてけぼりに、やってきた助《すけ》っ人《と》達《たち》は粛々と作業へと取り掛かっていった。

「サンちゃん、ひまわりさん、君達《たち》は生徒の案内を。サザンカさんは、本を戻すのを担当してもらって構わないかな？」

「うす！　了解っす！」

「うん！　わたしにお任せなんだから！」

「分かりました！　任せて下さい、コスモスさん！」

「用意しておいた区分表があるから、これを参考にすれば特に問題なく作業に臨めると思う。だけど、何か困ったことがあったらすぐ受付にいる私に相談してくれ」

唐菖蒲《とうしょうぶ》高校の図書室に、突如として現れたサンちゃん、ひまわり、サザンカ、コスモス。

どうやらパンジーが、『ヨーキな串カツ屋』で俺とチェリーに声をかける前に、西木蔦《にしきづた》高校で声をかけていたようなのだが、その判断は大正解。特に大きいのは、コスモスの参入だ。

他のメンバーへ迅速かつ的確な指示を出す様は、生徒会長時代に培《つちか》われたリーダーシップの賜物《たまもの》。なんだか、久しぶりにコスモスの真骨頂を見たような気がする。

「ホース君、以前に私が来た時と図書室の設備で何か変化したことはあるかい？」

「そうですね……。季節に合わせて作られるピックアップコーナーだけは、置かれている本が変わっていますす。他は特に何も変わってないです」

「なら、その本のリストがあると助かるのだが……」

『はい。これです』

「ありがとう、リリスさん。助かるよ」

二学期の初めに、コスモスは俺と一緒に唐菖蒲《とうしょうぶ》高校を訪れて生徒会の手伝いをしていた。

まさか、あの時に唐菖蒲《とうしょうぶ》の図書室の設備や、本の配置まで全て把握しているとは……。

もはや、俺とパンジーがいた時よりも遥かに円滑に進みそうな気しかしない。

「……うん。これなら、問題なさそうだね！　よし！　パンジーさん、こっちは私達《たち》に任せて君は生徒達《たち》の説得に向かってくれ！」

「えへへ！　パンジーちゃん、わたしがいれば全部だいじょぶだよ！」

「こっちは何とかしておくから、そっちも何とかしなさいよ、パンジー！」

「図書室も野球と一緒！　チームプレーだよな、パンジー！」

「ありがとう、みんな」

コスモス達《たち》へ丁寧にお辞儀をした後、静かに頭を上げたパンジーは、淡々とした視線をホースへと向けている。

「それじゃあ、ホース君。私達《たち》と一緒に生徒の説得をしに来てもらえるかしら？」

「え⁉　ぼ、僕が？」

「ええ。他校の生徒である私とジョーロ君が、二人だけで唐菖蒲《とうしょうぶ》校内を歩くわけにはいかないでしょう？　それに、道も分からないもの。だから、唐菖蒲《とうしょうぶ》の生徒であるホース君の協力は必要不可欠だわ。貴方《あなた》なら、時間のある生徒が誰かも分かっているのでしょう？」

「そうかもしれないけど……」

言っていることに間違いはないのだが、これは少し予想外の人選だな。

恐らくホースも、自分が道案内に選ばれるとは思ってもみなかったのだろう。いくら、何も悪いことはしてないとはいえ、業務側の人間が減る原因の一端を担《にな》ってしまったのだから。

「………………」

そんな自分が行くのはどうかと思ったのか、「自分の代わりに行ってほしい」と言葉ではなく視線でリリスへと語りかけている。

「ワタシも、ホースがいいと思う」

が、その視線をつきみが遮った。

「え？　つきみちゃん、どうして……」

「ホース、ワタシのせいで大事な物なくしちゃった。本当は取り戻してあげたいけど、ワタシじゃできない……。だから、ホースに取り戻してほしい……」

「そんなことないよ！　むしろ、僕のせいで君が……」

「ワタシ、全然平気」

恐らく、二人の関係が進展したことで、本当に苦労をしたのはホースではなくつきみだ。学校で、特に人気のある男と恋人関係になったんだ。他の女子からの妬みが、まるでなかったはずがない。それでもつきみはホースを優先したんだ。……優しいし、強いな……。

「もう見たくない。ホースが、落ち込んでる顔」

「……つきみちゃん」

今まで、どうしてホースがチェリーではなくつきみに対して気持ちを伝えたのか、俺にはいまいちよく分からなかった。もちろん、いい子なことは分かっていたが、それを言うならチェリーだって負けていなかったからだ。だけど、今はほんの少しだけ分かったよ……。

「ホース、いつもみんなのために頑張る。でも、今日は自分のために頑張って」

つきみは、どんな時でもホースのそばにいた。どんな時でもホースの力になろうと懸命に努力をしてきた。それは、今でも変わらない。いつも誰かのために頑張ってきたホースだからこそ、自分のために頑張ってくれる女の子の存在を潜在的に求めていたのかもしれない。

「……分かった。なら、僕が二人を案内するよ」

そんな気持ちが、ホースにも伝わったのだろう。つい先程までの情けない表情から一転、敵だと恐ろしく、味方だとこの上なく頼りになる主人公の表情を浮かべている。

「それじゃあ、二人とも行こうか！　よぉ～し、頑張るぞぉ！」

こうして、俺とパンジーはホースに案内される形で図書室を出発したのだった。

こいつが、ここまでやる気になっているのなら……、案外うまくいくかもしれねぇな。

※

「あぁ～……。どうしよう……。無理だよぉ～。絶対うまくいかないよぉ～」

おい、主人公。ついさっきまでの頼れる表情はどこにいった？

あっという間に意気消沈して、ドンヨリと歩いてんじゃねぇ。

「今日じゃなきゃダメかなぁ～？　なんなら、明日……いや、明後日《あさって》にでも……」

「言っておくが、西木蔦《にしきづた》だって暇じゃねぇんだぞ？」

こっちはこっちで、期末テストっていう学業に於《お》いて最重要課題が控えてるんだ。

成績優秀なパンジーや受験が終わっているコスモスはさておき、俺やサザンカ、それにいつも赤点ギリギリのサンちゃんやひまわりは、勉強に集中しなきゃならねぇ。

だから、まともに手伝いに来れるのは今日だけ。説得ができるのも今日だけだ。……まぁ、そんな状況と分かっていながら、バイトを入れたヘタレがいることは棚に置きつつ。

「……分かってるよ」

その表情は、分かってる奴《やつ》がする顔じゃねぇけどな。

「ホース君、元気を出してちょうだい。大丈夫よ、やってみないと分からないじゃない」

「そうだけどさ……。ジョーロが説得するんでしょ？　不安しかない……」

「はっ！　なめんな、ホース！　言っておくが、てめぇなんかより俺のほうが遥かに不安なんだよ！　もはや、説得にたどり着けるかすら疑っているほどにな！」

「……どちらもひどいわね」

やかましい。大体、今までの経験を思い出してみろ。

俺がまともに説得をして上手《うま》くいったパターンがあったか？　一度たりともない！

つまり、これは信頼と実績に満ちた他力本願だ。決してひどくはない。

「それで、ホース君。まずは、どこから向かいましょうか？」

「そうだね……。一年生のところに行くのがいいと思う。まだ教室に残っている子がいたら、つまり放課後は空いてるってことだからさ。……案内するね」

「ええ。お願いするわ」

最初の目的地は、一年生のフロア。

もうすぐ受験本番を迎える三年生や、来年のための準備が色々と必要な二年生よりは手伝ってもらえる可能性が高いという理由なのだが、果たしてうまくいくだろうか？

とまぁ、そんな悩みはさておいてだ。

「放課後にしては、生徒の数が多くねぇか？」

廊下を歩いていて思ったのは、すれ違う生徒がやけに多いということ。

西木蔦《にしきづた》だと放課後にここまで生徒は残っていないのだが、唐菖蒲《とうしょうぶ》では違うようだ。

「部活とかバイトがない子も、残って勉強をしたり友達と遊んでたりするんだ。だから、優先してお願いするのは、そういう時間があるけど、放課後に残っている子達《たち》がいいと思う」

「なら、その子達《たち》をジョーロ君が完膚なきまでに説得すればいいというわけね」

どうしてこの子は、堂々と不安を吐露している俺にゴリゴリとプレッシャーをかけれちゃうのだろう？　言っておくけど、できる自信まったくないよ？

「だから、何度も言ってるが、俺はそんなに大層な……」

「そうだよね……。やっぱり、頼みの綱はパンジーか……」

ここまで信頼されないのも、それはそれで腹が立つけどな！

あっという間に一年生フロア&二年生フロアに到着。

西木蔦《にしきづた》高校では、各学年にひとフロア儲《もう》けているが唐菖蒲《とうしょうぶ》高校では違う。

フロアがL字型になっていて、それぞれに別学年の教室が設置されているのだ。

これって、唐菖蒲《とうしょうぶ》が特殊なのか？　それとも、割と一般的なことなのか？

小中高で俺は経験したことがないので、珍しいということにしておこう。

「それじゃあ、一組からお願いできる？」

一つの教室の前に立ち止まり、俺に語りかけるホース。

「分かった。……って、てめぇらは？」

「僕が行くと逆に警戒されちゃうと思うから、さ。ここで待ってるよ」

確かに、原因の根源であるホースがいきなり説得ってのは厳しいか。

「初めは、ジョーロ君だけで行ったほうがいいと思うわ」

「パンジー。てめぇは、俺をサポートするとか……」

「そのために、まずはジョーロ君がどんな説得をするか確認しておきたいの。だから、失敗を恐れずに頑張ってほしいわ」

スマートフォンを淡々と操作しながら、とてもポジティブなことを言っている。しかし、自分は一歩も教室へ入ろうとしないネガティブさ。言い出しっぺとは思えない態度である。

結局、肝心なところは揃《そろ》いも揃《そろ》って俺任せかい。正気か？

「はぁ……。分かったよ」

これ以上余計な問答を続けても無駄なことは、これまでの付き合いでよく分かっている。

なので、俺は仕方なしに一人で教室へと入っていった。

えーっと、中の状況は……ふむ。トランプで遊んでいるグループや、それぞれスマホを取り出してゲームに興じるグループがいるな。

俺が小学生の頃は、学校にゲーム機を持ってきてはいけないなんてルールもあったが、今のご時世、高校生相手にスマホを持ってくるなとは学校側も言いづらいよな。

なんて、おっさんっぽい感想を抱いている場合じゃなくてだ。

「なぁ、少しいいか？」

教室に入った俺は、最初にトランプで遊んでいる奴《やつ》らに声をかけた。

こっちを選んだ理由は、ただ近かったから。メンバーは、男が三人に女が二人。

もし、この五人が全員手伝ってくれるようになれば大助かりだ。

「へ？　あ、えっと、なんですか？　……やぎりからのイレブンバック！」

「うちの学校の制服じゃないですよね？　……やぎりからの7！」

「あれ？　この人の制服、西木蔦《にしきづた》高校じゃない？　……やぎりからの4！」

「あっ！　本当だ！　てか、この人、前に聞いてた……やぎりからの6！」

「如月雨露《きさらぎあまつゆ》さんだよ！　うわぁ！　すごい！　……やぎりからの革命！」

なんで、『8』が五枚あんだよ。あと、てめぇら『やぎり』好きすぎだろ。

「それで、どうしたんですか？」

革命を成し遂げた女子生徒が、上機嫌に『2』を出しながら俺へ再度確認。

大富豪に夢中なように見えて、ちゃんと話を聞いてくれるつもりではあるらしい。

そして、悲しいことにちゃんと俺を崇《あが》めてくれているらしい。

「実は、頼みたいことがあってさ……」

「ええっ！　あの如月雨露《きさらぎあまつゆ》さんが、私達《たち》に頼み事を⁉　も、もしかして、私達《たち》……いよいよ唐《とう》菖蒲《しょうぶ》でトップになれる日が近いんじゃ……」

安心しろ、それはない。仮に俺が唐菖蒲《とうしょうぶ》にいたとしても、最下層民だ。

「あっ！　自己紹介をしないと！　わたし、唐菖蒲《とうしょうぶ》高校一年の針野《はりの》山刺《やまさ》須子《すこ》です！」

両親のいたずら心が暴走しすぎだぞ、その名前。

「お、おう。よろしくな……」

「くっ！　そう簡単に、名前を呼んでもらえないわけですね。……やりがいがあります」

どこにやる気を感じ取るんだ、この女は。

「それで、……どんな御用でしょうか？」

出だしから激しすぎる名前だったので、他の面々の名前も気になるところではあるが、逆につつくとどえらいものが出てきそうなのでやめておこう。

重要なのは名前ではなく、彼女達《たち》が図書室を手伝ってくれるかどうかだ。

「今、唐菖蒲《とうしょうぶ》の図書室を手伝っててよ。あそこが人手不足なのは知ってるか？」

「あ……、はい」

俺の質問に、どこか気まずそうに目を反らすサス子&他の面々。

ちらりと、少し離れた席でゲームをやっているグループを確認すると、そっち側も俺とは目を合わせないように、無理をしてスマホの画面に集中しているようにも見えた。

「でよ、このまま人手不足で業務が回らないと、もしかしたら一時的に図書室が閉鎖なんてことになっちまうかもしれねぇんだ。だから、手伝ってくれる奴《やつ》を探してる」

「そうなんですね……」

ここまで言われた時点で、俺が何を言いたいかは理解しているだろう。

それでも、何も言わないのは……つまり、そういうことなんだろうなぁ～。

「だから、時間がある時だけでいいから図書室を手伝ってもらえないか？」

「すみません。それは、無理です」

用意されていた台詞《せりふ》でも読むように、シンプルな声が俺に届けられた。

「ごめんなさい。図書室が困った状況になっているのは分かっているんです。でも、やっぱり図書室に行くのは辛《つら》くて……。ホース先輩とつきみ先輩を見るのが……」

どうやら、一番説得が難しい相手を初《しょ》っ端《ぱな》からひいちまったらしい。

ホースとつきみ関連となると……

「あの日、針の山に全身を突き刺して命を絶とうとしていた私のことを、身を挺《てい》して助けてくれた葉月《はづき》先輩。あの人の一番になりたい……そう思っていたのに……」

ラブコメ主人公って、そこまでしなきゃダメだっけ？

「だから、ごめんなさい！　私は……いえ、私達《たち》は図書室の手伝いをできません！　みんな、ホース先輩が大好きだったから……どうしても、辛《つら》くなっちゃって……」

気持ちは十分に理解できた。

こうなってしまったら、俺が何を言っても首を縦に振ってもらえることはないだろう。

みんな、ホースが大好きだったんだ。だからこそ、つきみとの関係がショックで手伝えない。

非常によく分かる。非常によく分かるのだが……、

「すみません。自分達《たち》の都合を優先しちゃって……。ホース先輩とつきみ先輩が大変なのは分かっているんです。でも、やっぱり……」

「気にするなよ。……その、さ、念のため確認するが、今ここで大富豪をやっている奴《やつ》らは、全員ホースのことが大好きだったのか？　だから、図書室の手伝いが……」

「……はい。ここにいる全員がそうです」

サス子の言葉に呼応するように、首を縦に振る他の一年生達《たち》。

そっか……。ここにいる、大富豪をやっている全員がそうだったんだな……。

「分かった。教えてくれてありがとうな。それと、無理を言って悪かった」

最後に俺はそう言うと、トランプをやっていた女子二人と男子三人に背を向けて、教室をあとにしていったのであった。

……ラブコメ主人公って、やっぱ大変だわ!!

「てめぇは、いったい何をやってんだよ⁉　どんな人生を過ごしたら、あんなことになる⁉」

※

「うわぁっ！　ど、どうしたんだよ、突然？」

　一つ目の一年生の教室を出た後、俺は思いのたけをとりあえずホースへスプラッシュ。

　予想外の事態は覚悟していたが、ここまでは考えていなかったぞ！

「女子はダメでも男子はいけるとか、ちょっと思ってたんだぞ！　まさか、そっち方面まで大量に攻略しているとは、夢にも思わなんだわ！」

「そんなこと僕に言われたって知らないよ！　べ、別にそんなつもりはなかったんだし！」

「ジョーロ君、落ち着いてちょうだい。性別で恋愛をくるのはよくないことよ。……ほら、貴方《あなた》とサンちゃんのことを思い出して」

「俺とサンちゃんは、そういうんじゃねぇから！」

なんで、いつの間にか俺がそっち側に立たされてるんだよ！

全然ちげぇから！　俺は、女の子が大好きな男の子だから！

「えーっと、とにかく失敗したと思っていいのかな？」

「そうだよ！　主にてめぇのせいでな！」

「……ごめん」

むぅ。憎まれ口が返ってくると思ったら、普通に謝られてしまった。逆に居心地が悪い。

「はぁ……。こんなにあっさりと説得に失敗するなんて情けないわね」

呆《あき》れたため息を吐きながら、スマホをいじるパンジー。

いつもより毒舌が抑えめだが、腹が立つことに変わりはない。

「てめぇが俺の説得を確認したいとか言ったんだろうが」

「ええ。その結果、とてもいまいちなことが発覚したから、次は私も手伝うわ」

いまいちで悪かったな、こんちくしょう。

「さ、次の教室に行きましょ。今度は、私の番よ」

「……分かったよ」

というわけで、ホースは、いまいち踏ん切りがつかないのか廊下に待機中だが、今回はパンジーと二人で教室に入室。いきなり他校の生徒が教室に入ってきたことで、中にいる生徒達《たち》が少しだけキョトンとした表情をしていると思ったのだが……

「うわっ！　如月雨露《きさらぎあまつゆ》さんだ！」

「すっげぇ！　なんでこんな所に⁉　一緒に写真とか撮っちゃダメかな？」

「バカ！　俺達《たち》程度の奴《やつ》らがそんなことして許されるわけないだろ！　それに、気をつけろ！

絶対に目を合わせちゃだめだぞ!」

　ここでも如月《きさらぎ》属性の、こうかはばつぐん。入室してわずか五秒で好感度を荒稼ぎした。でも、目を合わせてはくれないらしい。どゆこと?

「そ、そうだな! 前に聞いた話だと、目を合わせた奴《やつ》はその神々《こうごう》しさで眼球が焼かれて使い物にならなくなるらしい! だから、一部からは『太陽を愛す者《アイ・ラヴ・サン》』って呼ばれてるとか!」

　呼ばれてねぇよ。どんな特殊能力だそれは?

「理由は違うけど、間違ってはいないわね」

　間違っとるわ。さっきも俺とサンちゃんはそういうんじゃないと言っただろうが。

　警戒されないのはいいが、敬愛されすぎるのは逆に困るな……。

「ジョーロ君、足踏みしている場合ではないと思うわ」

「うっせぇな。分かってるっつうの!」

　パンジーに問答無用で背中を押された俺は、何もしていないのに勝手に如月《きさらぎ》教へ入信してしまった生徒達《たち》のもとへ。今回は隣にパンジーがいるので、さっきより少し安心だ。

　こいつは非常に腹が立つことの多い女だが、それ以上に頼りになる奴《やつ》だからな。

「よう。少しいいか?」

「はっ! なんでしょうか、大いなる神よ!」

　へりくだらんでいい。そもそも、俺は大いなる神ではない。

今回は、男四人グループか。できることなら、さっきのようなホース事件簿は避けたいところだが、なんにせよまずは頼んでみることからだ。

「あのよ、実は頼みがあってきたんだ」

「た、頼み⁉　あの如月雨露《きさらぎあまつゆ》様が我らに頼みを……っ！　なんたる僥倖《ぎょうこう》っ！」

つきみが重度の如月《きさらぎ》信者だと思っていたが、どうやら間違いだったらしい。

まさか、ここまで崇《あが》め奉《たてまつ》られているとは思ってもみなかった。

「して、それはどういった内容で？」

「時間が空いてる時だけでいいから、図書室を手伝ってほしい」

「……っ！　と、図書室の手伝い……ですか？」

「今、すげぇ人手不足で困ってるからさ、助けてやってほしいんだ」

「それは……」

ついさっきまでは、あれだけ俺を崇《あが》めていたにもかかわらず、態度を翻《ひるがえ》したかのように苦い表情をする男子生徒。そういや、こいつの名前ってなんていうんだ？

……いや、聞くのはやめておこう。変な名前だと、こっちがリアクションに困る。

「も、申し訳ありませんが、如月《きさらぎ》様の頼みでもそれは聞き入れられませぬ……」

「一応、理由を聞いてもいいか？」

「……はっ。我々は、桜原《さくらばら》先輩に憧れて図書室を手伝っていたのです。考えていることは丸わかりなのに、行動は奇想天外。いったい、どうしたらあんな怪奇現象を引き起こせるのかと、何度も頭を悩ませたものです」

後輩からナチュラルにけなされる、元生徒会長《チェリー》であった。気持ちは分かるけどね。

「ですが、どういったわけか桜原《さくらばら》先輩は図書室に来なくなってしまいました。あの人がいるなら、あの人の力になれるならと思っていたのですが、それが叶《かな》わないとなると……」

こうやって聞いていると、本当にチェリーって人望のある奴《やつ》だったんだな。

……さて、俺一人だったらここで『分かった』と伝えて終わるところだが、今回はパンジーが一緒にいる。ここからはこいつの出番だと思うのだが……さっきから何やってんの？

なんか、俺の背中に思い切り隠れて、制服をチョンとつまんでるんだけど？

「ジョーロ君、想定外の事態よ」

「は？」

いやいや、前もってリリスから生徒が図書室に来なくなったのは、ホース＆つきみかチェリーが原因って聞いてたじゃねぇか。いったい、どこに想定外の要素が――

「私の激しい人見知りが発動してしまっているわ」

「それは想定しておけよ！」

あんだけ偉そうなことを言って、肝心なところで役に立たねぇうえに、軽いヒイラギ化をしてんじゃねぇ！　やけにスマホをいじってるし、リリス化か!?　どっちでもいいわ！

「ついさっき、失敗を恐れず立ち向かえとか聞いた気がしたのだが？」

「勘違いしないでちょうだい。私は失敗を恐れてはいないわ。知らない人を恐れているのよ」

「結果、恐れてちゃ意味ねぇんだよ！　そもそも、図書室では知らない生徒相手に、普通に対応してたじゃねぇか！　それが、なんでここにきて……」

「図書室なら本という私の絶対的得意分野があるんですもの。でも、ここには本がない。……いったい、どうしたら……ひらめいたわ」

ひらめかんでいい。どうせロクでもないことは、もうよく分かってる。

「ジョーロ君、とりあえず図書室から一〇〇冊ほど本を持ってきてもらえるかしら？　そうすれば、恐らく私も……」

「物理的に不可能だよ！」

「仕方ないわね……」

「ひ、ひぃ！　神が、神がお怒りになって……っ！」

その態度をお怒りになりたいわ！　だから、俺は普通の一般人だっつうの！

後ろも前もどうしようもねぇな！

「神よ、怒りをお鎮《しず》め下《くだ》さい……。そして、どうか我らに桜原《さくらばら》先輩を……」

こっちに向けて手をすり合わせるな。いよいよやべぇ奴《やつ》らだぞ、てめぇら。

「自分で呼び戻そうとかは考えねぇのか？」

「それはもうしたんです！　ですが……」

む。てっきり何もしていないと思ったが、ちゃんと挑戦していたのか。

もしかして、チェリーから『自分は戻れない』って言われたとか……

「我々では、桜原《さくらばら》先輩に話しかけることすら容易ではなく……」

「は？　どういうことだ？　チェリーさんに話しかけるぐらい簡単だろ？」

「さすが、如月雨露《きさらぎあまつゆ》様です……。まさか、アレを『簡単』と言ってのけるとは……。やはり貴《あな》方《た》は特別な御方なのですね」

いたって普通の御方だよ？　今日だって、普通に話してたくらいだし。

どうして、こんなんで俺のリスペクト値が上昇しているのかな？

「我々は貴方《あなた》とは違います。皆で『図書室へ戻ってきてほしい』と桜原《さくらばら》先輩へ頼みに行った際、半径三メートルに近づいた瞬間、彼女は手を滑らせ持っていた缶ジュースは宙を舞われました。……あとは、分かりますね？」

分かりたくない気持ちでいっぱいです。

「そうです。如月《きさらぎ》様のおっしゃる通り、宙を舞った缶ジュースは近づいた者の頭部へ的確に命中し、同時に三人もの生徒が脳震盪《のうしんとう》で意識を失いました」

ねぇ、俺何もおっしゃってないよ？　どこの如月《きさらぎ》さんの声を聞いたのかな？

分かったことは、チェリーのドジが唐菖蒲《ホーム》だとより一層激しさを増すことだけだ。

「降り注ぐ缶ジュースをどうにか避け、私だけは半径一メートルまでは近づけたのですが……」

チェリーは、何本の缶ジュースを同時にバラまいたのだろう？

「そこが限界でした。突如として何もないところでずっこけた桜原《さくらばら》先輩にサマーソルトキックをお見舞いされ、意識を闇へと葬《ほうむ》られましたから……。他にも何人も同様の目にあっており、話しかけるなどとてもとても……。分かっていたのですがね。彼女は近づくのすら容易ではない高嶺《たかね》の花だと……」

あいつのドジは、自動防衛システム付なのか？　もはや、高嶺《たかね》っていうか奈落だよね。

もしかして、チェリーってそもそも図書室が閉鎖の危機なのも知らないんじゃ……。

「それなら直接話すのではなく、連絡をすればいいのではないかしら？」

と、そこで絶賛人見知り発動中のパンジーが、俺の背中から声を出した。

「近づくと脳震盪《のうしんとう》を引き起こされるのでしょう？　それなら、スマートフォンで電話をするなり、メッセージを送るなりできると思うのだけど？」

相手と目を合わさなければ、それなりに会話はできるようだ。

この辺りは、ヒイラギよりマシということか。……できれば、普通に話してほしいけど。

「もちろん、試しました！　ですが、電話はまるでつながらず、メッセージには既読マークすらつかないのです！」

「おかしいわね。チェリー先輩は、連絡が来ていると分かればすぐに返事を——」

「春休みに目いっぱい遊ぶための資金集め、それと……家で料理をしている時に、煮えたぎった油でこんがりとスマホを揚げたのがきっかけで、チェリーさんはバイトを始めたんだ」

「……なんて厄介な人なのかしら……」

ほんと、それな。

「けど、色々と理解できたわ」

あのさ、パンジーさん。言ってることだけは思わせぶりで頼もしいんだけど、いい加減俺の背中に隠れて、スマホをいじりながらしゃべるのやめてくんない？

「念のためもう一度確認するのだけど、貴方達《あなたたち》はチェリー先輩が図書室に戻って来てくれたら、図書室を絶対に手伝ってくれると思っても構わないかしら？」

「はい！　それはもちろんです！」

「分かったわ、教えてくれてありがとう」

有意義か無意義か分からない情報を手に入れられたが、結局パンジーと共に挑んだ教室でも説得には失敗。断られた理由は違うが、結果は同じだった……。

そして、本当に俺は唐菖蒲《とうしょうぶ》で崇《あが》められているのだろうか？

神効果がなさすぎて、悲しくなる。

※

「すまん。チェリーさんのドジが想像以上に厄介だった……」

「どういうこと？」

説得に失敗して戻った俺達《たち》は、ホースに事情を説明。パンジーが予想外に人見知りだったこと、チェリーのドジで一年生が次々と脳震盪《のうしんとう》を引き起こしていることを。

「ああ。チェリーさんなら、そのぐらいはいつも通りだね」

冷静に言えちゃう君が、ちょっと怖いよ。

「けど、パンジーの人見知りって……」

「ごめんなさい。想定外の事態に阻《はば》まれて失敗してしまったわ。でも、まだ他の生徒達《たち》は残っている。諦めるには早すぎる時間よ」

言ってることは頼もしいんだよね。言ってることだけは。

「ところでホース君。少し教えてほしいのだけど」

「ん？　どうしたの？」

教室を出たところで人見知りが解消されたのか、先程までせわしなくいじっていたスマートフォンをしまいながら、パンジーがホースへと声をかけた。

「貴方自身《あなたじしん》は、チェリー先輩のことをどう思っているのかしら？」

「え！　ぼ、僕⁉」

随分とドストレートな質問をぶっぱなしたな。けど、確かにこれは重要な話だ。

俺は、バイト先も同じだからチェリーからはよくホースの話を聞いていたが、ホースからチェリーの話を聞いたことは一度もない。こいつって、チェリーのことをどう思ってるんだ？

「大事な先輩だと思ってるよ。それに、尊敬もしてる……」

アレを尊敬する気持ちはちょっとよく分からないが、いい奴《やつ》かと聞かれたら間違いなく首を縦に振れる。今日だって、俺のことを励ましてくれたしな。

「つまり、チェリー先輩に図書室へ戻って来てほしいと考えていると思っていいかしら？」

「それは……」

そこまで言ったところで、ホースの口が閉ざされた。

自分が言ってはいけない、自分が言うべきではない言葉だと思ったのだろう。

「教えてほしいわ。もし、このまま唐菖蒲《とうしょうぶ》高校の図書室が一時的にでも閉鎖になったら、『一人目の図書委員』の子もとても困ってしまうでしょう？」

「……っ！　そ、そうだけど……」

ん？　どうしたんだ、ホースの奴《やつ》？

今までにも少し話題に出ていた『一人目の図書委員』の話になった瞬間、顔を強張《こわば》らせて。

しかも、なぜか知らんが俺をチラチラと見ているし。

「ねぇ、教えて。貴方《あなた》は、チェリー先輩に図書室へ戻って来てほしい？」

「……何も言えないよ……」

これ以上、この話を続けたくないという意志がよく分かる態度で、ホースがパンジーへと背を向ける。いつもなら、どんな問題にも逃げずに立ち向かうこいつが逃げるなんてな。

「はぁ……。貴方《あなた》も思った以上に重傷なのね」

「そうかもね……」

いつも、自信にあふれていたホースが自信を喪失する。つまり、こいつにとってチェリーの件はそれだけこたえたってことだ。

まるで、自分のことのように思えて、少しだけ複雑な気持ちになっちまうよ……。

「なら、代わりに教えてほしいのだけど、『一人目の図書委員』の子はどんな風に図書室で貴《あな》方達《たたち》と過ごしていたかのかしら？」

また、『一人目の図書委員』の話か。そんなことを聞いて、何の役に立つんだよ？

「それぐらいなら、まぁ……」

チェリーの件よりは、マシだと判断したのだろう。まだ、少し引きつった表情をしているが、今度はしっかりと話すつもりではあるようだ。

「いつも静かに受付をしていたよ。話し相手はほとんどがリリスで、たまにフーちゃんだったかな？　僕やつきみちゃん、それにチェリー会長とはあまり話してなかった」

ふむ。リリスと仲がいいとは聞いていたが、次に話すのがフーちゃんというのは意外だったな。てっきり、ホースかチェリーだと思っていたのだが、

「多分、彼女はつきみちゃん、それにチェリー会長のことが苦手だったんだろうね。……それで……僕は彼女に嫌われていたんだと思う」

ホースを嫌うって、どんな性格のやっちゃねん？

俺もこいつとは一学期に色々とトラブったりはしたが、あれはパンジー限定でホースが害をなすからであって、他の子には無害な奴《やつ》じゃねぇか。

「ふふ、そうかもしれないわね」

「でしょ？　だけど、僕はすごく彼女のことを尊敬してた。あんなに意志が強い女の子と会ったの初めてだったもん。自分がやるって決めたことは、どんなことでも絶対にやり遂げてさ」

ホースに、そこまで言わせる女か。

今はいねぇみたいだが、こりゃ相当な奴《やつ》だったんだろうな。

ところでさ、俺も会話に混ぜてもらえないかな？　ちょっと寂しいんだけど。

「特に印象に残っているのは……って、次の教室についたね。それじゃあ、ジョーロ、パンジー。もう一度、説得をお願いしてもいいかな？」

「ああ、分かった」

「ええ、やってみるわ」

※

その後、一年生達《たち》の説得に失敗した俺達《たち》は、次は二年生のもとへ。

これで何度目になるか分からない『図書室を手伝ってほしい』という言葉を伝えるが、

「ごめん、手伝えない。チェリー先輩がいないと、なんだかやりがいがなくてさ……」

「そっか……」

苦しそうな表情を浮かべて、こっちの申し出を断る女子生徒。

また、チェリーが不在のパターンか。うちのバイト先でもチェリーがいる時の仕事が基準になったら、普段の仕事がちょっとやりがいをなくすのかもしれないな。

俺は、そうならないように気を付けておこう。

「つまり、貴女《あなた》はチェリー先輩さえ戻ってくれれば、図書室の手伝いをしてくれるのね？」

「もちろんだよ！　あの人の力になれるなら、絶対に頑張れるもん！」

これもまた、説得の恒例行事。チェリーが原因で手伝いを断る生徒には、パンジーが最後に必ず『チェリーが戻ってきたら、手伝ってくれる？』と確認を取る。

そして、返事は全員そろってＹＥＳ。ただただ、チェリーの人望の厚さだけがよく分かる。

とまぁ、ここまでは一年生の説得の時と変わりはないのだが、実は二年生の説得を始めてから少しだけ変化が起きたことがある。

それが何かと言うと、

「ねぇ、もう一つ聞いてもいいかしら?」

「なに?」

「『二人目の図書委員』の子は、貴女《あなた》にとってお友達ではないのかしら?」

「う、うーん……。あの子は……、そうだね。悪い子じゃないとは思うんだけど、私はそこまで仲良くはなかったかなぁ。ちょっと……、いや、かなり無口な子だったからさ」

一年生を説得している時は聞かなかったが、二年生に対してはパンジーが必ず唐菖蒲《とうしょうぶ》高校の『二人目の図書委員』のことを聞くようになったのだ。

ホースから……いや、図書室でリリスから話を聞いている時から思ったが、パンジーはやけに『二人目の図書委員』に対して興味を持っている。

……なぜだ? 同じ図書委員としてのシンパシーか?

ちなみに、聞いた時の生徒達《たち》の反応は似たようなもの。『あまり仲が良くなかった』、『何を考えているか分からない子だった』、『嫌いではないけど、少しだけ苦手だった』など。

リリスとは仲が良かったようだが、他の生徒とはそこまで深い関係を築いてはいなかったらしい。正直、あまりいい返答ではないと思うのだが、

「そう。教えてくれてありがとう」

パンジーとしては満足したようで、ほんの少しだけ口元を緩めて笑みを浮かべている。

「さ、ジョーロ君。次の教室に行きましょ」

まるで、目的は達成したかのような表情で俺に語りかけるパンジー。

その様子に妙な違和感を覚えつつも、俺達《たち》は次の教室へ生徒の説得に向かうのだった。

※

「コスモスさん、もりおーがいさんの本ってどこに戻せばいいの？」

「それなら、奥から二番目の棚だよ、ひまわりさん」

「え？　来年は唐菖蒲《とうしょうぶ》が勝つだって？　へへっ！　そうはさせないぜ！」

「探してた本、見つかってよかったわね！　でも、ちゃんと返却期限は守りなさいよ？」

明るい笑顔を浮かべて図書室の業務をするコスモス達《たち》とは対照的に、暗く表情を沈ませる俺。

惨敗《ざんぱい》に次ぐ惨敗《ざんぱい》とは、まさにこのこと。折角、コスモス達《たち》がわざわざ手伝いに来てくれたのに、その厚意に見合った結果を俺達《たち》は出すことができなかった。

一年生、二年生、三年生と部活動をしている生徒も含めて、放課後に出会えた奴《やつ》らには全員説得を試みたが、結局誰一人として首を縦に振ることはなかった。

断られる理由は様々。『ホースがつきみと付き合ったから』、『部活動に集中したいから』、『もう受験がすぐそこまで迫っているから』、『アルバイトがあるから』など。

ただ、その中でもぶっちぎりで多かったのが、やはり『チェリーの不在』だ。

ドジで奇想天外な行動ばかりとる女だが、本当に人気があったようで、多くの生徒が『今の図書室も好きだけど、チェリーさんがいた頃はもっと楽しかった』と言っていた。

こうなってくると、いよいよ解決方法が一つしかなくなってくるな……。

「僕のせいで迷惑をかけちゃって……ごめん」

図書室に戻ると同時に俺達《たち》へ深々と頭を下げるホース。

「ホース君が謝る必要はないわ。貴方《あなた》は何も悪いことをしていないじゃないの」

「だとしても、原因は僕だよ……」

この謝罪には、迷惑をかけてしまった罪悪感と、この状況を解決できない自分への不甲斐《ふがい》なさの二つが含まれているのだろう。その気持ちが、痛いほどよく分かってしまった。

「つきみちゃんもごめんね。折角チャンスをもらえたのに、上手《うま》くいかなかったよ……」

「……ホース」

初めは俺とパンジーに任せっきりだったホースだが、途中からは俺達《たち》と一緒に生徒達《たち》の説得へと加わってくれた。なんとか、自分が失ってしまった絆《きずな》を取り戻そうと懸命に行動するも、やはり世の中とはそう甘いものではなく全て失敗。

その時に、かつてホースに好意を抱いていた……いや、今でもホースに好意を抱いている生徒からかけられた言葉は……つきみには言うべきではないだろう。

『やっぱり、チェリー会長が戻ってこないと……』

弱々しい手つきで操作したスマートフォンの画面を見せるリリス。

……分かってる、それがベストな方法なことは分かっているんだ。

「リリス、それは分かってるんだ。けど――」

「……私、チェリー会長に会いたい……。もうすぐ卒業……本当に会えなくなる前に……」

スマートフォンではなく、自分の口で、これまで堪えていた想《おも》いを吐露するリリス。

そうだよな……。誰よりもチェリーのことが大好きなのは、リリスだ。

本当は、ずっと我慢していたのだろう。……チェリーに会えない寂しさを。

「ジョーロ、チェリー会長戻ってこれない？　また来てほしいの……」

「それは……」

「ジョーロは、アルバイトでチェリー会長に会ってるでしょ？　だから、そこで……」

「いや、その、よ。チェリーさんに頼むのはやめておこうぜ。あの人は、受験も生徒会長の役職も終わって、やっと自由に過ごせるんだからさ」

以前、チェリーは俺に言っていた。今まで、図書室の手伝いや生徒会長の仕事があったから、自分の時間が少なかった。だから、こうして自分だけのために時間を使えるのが楽しいと。

繚乱祭《りょうらんさい》で一番欲しかったものを手に入れられず、その代わりに手に入れたたった一つのものをチェリーから奪うわけにはいかねぇよ。

「ジョーロ君、貴方《あなた》の気持ちは分かるけど、私もリリスに賛成よ」

「は？　お、おい、パンジー」

俺の言葉を無視して、真《ま》っ直《す》ぐにホースを見つめるパンジー。

三つ編み眼鏡で、いつもの淡々とした態度ではあるが、妙な決意を感じられる。

「ホース君。いい加減貴方《あなた》は、チェリー先輩とのわだかまりを解消すべきだと思うわ」

「え⁉　で、でも、それは……」

こいつ、なんっつーことを言いだしてんだよ！

「分かっているわよね？　貴方《あなた》が原因で図書室の手伝いへ来なくなった人達《たち》の中で、誰が一番唐菖蒲《とうしょうぶ》の図書室にとって重要な人だったかは」

「うっ！」

まじで、今日のパンジーはどうなってんだ⁉

普段なら、俺ぐらいにしか厳しくあたらねぇのにホースにまで容赦がねぇじゃねぇか！

言ってることは分かるが、いくら何でも無神経だ。

「だから、図書室を助けるため、そして貴方《あなた》自身の心の問題を解決するためにも、チェリー先輩との関係を今のままにしておくわけにはいかないわ」

「パンジー、やめろ。そこまでは、俺達《たち》が口を出していい話じゃねぇ」

「それ以上に、唐菖蒲《とうしょうぶ》の図書室をこのままの状態にしておくことのほうがダメよ。ジョーロ君だって、ホース君とチェリー先輩の仲は改善すべきだと考えているのではないかしら?」

「だとしても、そいつは二人の問題だろが!」

俺だって、ホースとチェリーに仲直りしてほしい気持ちはある。

バイト中、ホースのことになると、普段とは打って変わって元気をなくすチェリー。

いつもドジばっか振りまく迷惑な奴《やつ》だが……、それでもあんな表情のチェリーは見たくない。

「ええ。だからきっかけだけ作ってあげましょ。夏休みのフーちゃんとたんぽぽみたいに」

「あん?　フーちゃんとたんぽぽ?　それって……」

俺からの返答を待たずに、パンジーは再びホースをじっと見つめる。片手に持つスマートフォンを握る力が普段よりも随分と強いことから、こいつの決意がよく伝わってきた。

「ホース君、さっきも聞いたことをもう一度聞くわね」

唐突な申し出にうろたえつつも、気圧《けお》されたのかホースが強く唾を飲み込んだ。

「正直に答えて。貴方《あなた》は、チェリー先輩に図書室へ戻って来てほしい?」

「……いや、それを僕から言うのは……」

「それはチェリー先輩への罪悪感から?　それとも、自分を守りたいからかしら?」

「……っ!」

その言葉は、ホースにとってクリティカルな一言だったのだろう。……ホースの答えは、恐らく両方。だが、多くの割合を示していたのは後者だ。こいつだって、人間なんだ。

もしチェリーに助けを求めて拒絶されたらと、ずっと恐れていたのだろう。

「パンジー、いい加減にしろ！　てめぇが、ホースとチェリーさんのわだかまりを解決したいのは分かったが、んなことをホースに確認して何になる⁉　図書室の件とは関係ねぇだろ！」

「関係あるわよ。だって、ホース君がチェリー先輩をどう思っているかが分かるもの」

「分かったところで、何も解決しねぇだろうが！」

「やってみないと分からないわ。つきみがホース君にお願いした『なくした絆《きずな》を取り戻してほしい』。その中で、最も重要な絆《きずな》は、彼とチェリー先輩のものでしょう？」

「何でも分かった気になって、話してんじゃねぇよ！　俺は、てめぇのそういうところが一番むかつくんだ！」

「そっくりそのまま、お返しするわ。ジョーロ君だって、チェリー先輩とホース君の気持ちを分かった気になって、行動しているじゃない」

「んだと？」

「自分と近い立場だから、ホース君の気持ちが分かる。アルバイトで交流があるから、チェリー先輩の気持ちが分かる。……違うわよね？　貴方《あなた》が勝手にそう思っているだけ。だって、本人にきちんと確認していないのですもの」

「……っ！　てめぇ、マジでいい加減に……」

「いい！　いいよ！　二人が喧嘩《けんか》をする必要はない！」

激しい言い争いをする俺とパンジーの間にホースが割って入った。

「ちゃんと言う！　言うよ！　僕がチェリー会長をどう思っているか！」

これ以上俺とパンジーを、自分達《たち》の問題が原因で争わせるわけにはいかないと判断したのか、ホースが半ばやけくそではあるが、覚悟を決めた表情を浮かべている。

そして、

「戻って来てほしいに決まってるよ……。図書室が閉鎖しそうだからじゃない。僕がチェリー会長に会いたいから。……でも、そんなことを僕から言えるわけないじゃないか！　だって、彼女を一番傷つけたのは、僕なんだよ！　僕のせいで、チェリー会長は……」

今まで、決して口に出さなかった想《おも》いをホースが吐露する。

……分かってたよ。てめぇが、チェリーに戻って来てほしいことは。

てめぇはてめぇで、ずっと我慢してたんだよな。

「自分にとって都合のいいことを話してるのは分かってるさ！　でも、僕はチェリー会長にもそばにいてほしい！　もうすぐチェリー会長は卒業する！　その間に少しでも思い出を……」

「ホース、もういいよ。それ以上は言わなくていい」

俺は静かにホースを制止した。

もう、十分ホースの気持ちを聞くことができた。……これで、目的達成だ。

だから、俺はパンジーに対して、

「で、これでチェリーさんにちゃんと伝わったのか？」

静かにそう確認をした。

「ええ。恐らくね」

「え？　ジョーロ、パンジー、君達《たち》は何を？」

先程の言い争いが嘘のような態度で、俺とパンジーが話しているのが疑問だったのだろう。

ホースはどこか呆気《あっけ》にとられた表情で、俺とパンジーを交互に確認している。

まったく……。いきなりだから、俺も分からねぇことだらけだが、とにかく作戦は成功したらしい。だったら、ここからは俺の疑問も確認させてもらおう。

「まず、確認したいんだが、……いつからだ？」

「一年生の説得に失敗したタイミングからよ。最初は本人に連絡したのに、全然通じないから頭を抱えたわ。まさか、スマートフォンを破損させているなんてね」

そう言ってパンジーが掲げるのは、先程まで強く握りしめていたスマートフォン。

画面を確認すると、そこには、

「なるほどな。だから、そっちに連絡したってわけか」

ツバキとの通話画面が表示されていた。

「ええ。彼女なら、チェリー先輩のドジをくぐりぬけることぐらい、容易にやり遂げてくれるでしょうしね」

「そうかもな。……ったく、最初から言っておけよな」

「言っていたら、止めていたのではないかしら？」

「……ちっ」

今日のパンジーの説得中の行動。『激しい人見知り』と言って俺の背中に隠れ、生徒達《たち》から姿を隠していた。だけど、本当に自分の姿を隠したい相手は生徒だけではなかった。

こいつは、自分が何をしているかを俺に気づかれたくなかったんだ。

「あ、あのさ、二人とも。さっきから、いったい何の話を……」

「最初からパンジーは、俺の説得で人手不足を解消しようとしてなかったって話だ」

「そんなことはないわ。ただ、あくまでもそれは二番目の手段。一番の手段が別にあっただけだから、最初から期待してなかったとかぬかしたってわけか。腹の立つ女だ。

「え？　い、一番の手段？　それって……」

「ジョーロ君より、もっと説得に適任な人に連絡を取っていたの。唐菖蒲《とうしょうぶ》のみんな、それにホース君が自分のことをどう思っているかを知ったら、きっと来てくれると思ったから」

「来る？　それって、まさか……」

「ええ。大正解よ」

その言葉と同時に、図書室のドアが激しい音をたてて開かれた。

「おっじゃま……うきゃぁ‼　い、痛いっしょぉ〜！」

突如として開かれたドア。入ってきた張本人は、勢いよくドアを開けてしまったのが原因か、そのまま盛大にずっこけている。こんな現れ方をする奴《やつ》なんて、一人しかいない。

今まさにパンジーが語っていて、リリスが会いたいと切に訴えていた……

「え？　えぇぇぇ‼　チェリー会長⁉」

「いっつぅ〜……。うっかり転んじったっしょ……」

唐菖蒲《とうしょうぶ》高校、元生徒会長のチェリーこと桜原桃《さくらばらもも》。恐らく、大慌てでここまで来たのだろう。格好が、『ヨーキな串カツ屋』のユニフォームのままだ。

「私が呼んだのよ。ツバキに頼んで、私達《たち》が説得しているところ、それに唐菖蒲《とうしょうぶ》の生徒達《たち》がチェリー先輩をどう思っているかを聞いてもらいながらね」

それだけじゃねぇだろ。一番重要なのは、『ホースがチェリーをどう思っているか』だ。

自分が原因で傷つけちまったチェリーについての気持ちなんて、ホースからしたら都合のいい言い分だ。だからこそ、こいつは絶対に言おうとしなかった。

説得中に確認した時も、それだけは言わないって態度だったからな。

だから、パンジーは方法を変えた。意図的に俺と喧嘩《けんか》をすることで、ホースがチェリーへの気持ちを言わざるを得ない状況を作り出した。

いつにも増してやる気があるとは思っていたが、本当に今日のパンジーは恐ろしい。

まさか、俺を説得に連れて行った理由が、生徒達《たち》がいかにチェリーを必要としているかを本人に知らせるためだとは思いもしなかったぞ。

「えーっと……、その、久しぶりだね、ホースっち。あは、あはははは！」

「あっ！　え、は、はい！　で、ですね！　あははは……」

転んでついたほこりをはたきながら、立ち上がるチェリー。

恐らく繚乱祭《りょうらんさい》以降、こうして二人が会うのは初めてなんだろう。

以前からはまるで想像ができない、余所余所《よそよそ》しい態度。

それを見ているだけで、妙に胸が痛くなる。

「げ、元気してた？」

「まぁ、それなりに……。あのチェリー会長は？」

「うち？　うちはもう、この通り！　げ、元気っしょ！」

あの日、ホースはつきみとの絆《きずな》を守るために、チェリーとの絆《きずな》を破壊した。

その結果がこれだ。他人事《ひとごと》のように思えるが、俺にとっては他人事《ひとごと》ではない。

だって、そうだろう？　あと少し……、終業式が訪れたら俺も……

「……ぷっ！　あははは！　何かダメだね！　久しぶりだからか、上手に話せないっしょ！」

「そ、そうですね……」

「でも、ホースっちの気持ちは十分伝わったよ……」

今までの浮ついた言葉ではなく、落ち着いた……まさに優しくて頼りになるお姉さんのような声でチェリーはそう言った。

これだけの余裕を手に入れることができたのは、恐らくパンジーがスマートフォン越しにチェリーへ聞かせたからだ。唐菖蒲《とうしょうぶ》の生徒達《たち》が、ホースが、自分をどう思っているかを。

「うちに戻って来てほしいんだよね？」

「え⁉　あっ！　は、はい……」

すでに、先程の自分の発言をチェリーが聞いていたことを理解しているのだろう。

少しだけ悔しそうな表情を浮かべながらも、ホースがチェリーの言葉を肯定した。

「うしし！　今回は、うちを見てくれたってことか！」

「そう、ですね……」

繚乱祭《りようらんさい》でホースに気持ちが届かなかった時、チェリーは『ホースが自分を見てくれない』と言っていた。だが、今回は別。

ホースはチェリーを必要とした。そばにいなくても、ホースはチェリーを見ていたんだ。

「チェリー会長。図書室に戻って来てほしいです！　僕に力を貸して下さい！　貴女《あなた》が……、貴女《あなた》が必要なんです！」

恥や外聞を捨てて、ホースは正面に立つチェリーへ懇願をした。

すると、チェリーは、

「やーだよっ！」

容赦なく、その気持ちをないがしろにするのだった。

「だって、うちはホースっちにひどいことをされたもん！　なのに、ホースっちのために図書室に戻るわけがないじゃん！」

「いや、確かにそうですけど……っ！　確かに、その通りですね……」

戻ってこないんかい！　今の流れだったら、ホースの本心が聞けた時点で「それじゃあ、戻ってあげるっしょ！」とか言うと思ったわ。

「だ・け・ど、他の人のためなら戻ってあげてもいいかなぁ～」

「ほ、他の人？」

そこでチェリーはホースではなく、その背後に立つパンジーを見つめた。

「ねぇ、パンジーっち……。今日の君は、うちを呼びに来た時からすごく一生懸命だったよね？　どうして、そこまで唐菖蒲《とうしょうぶ》の図書室を助けたいっしょ？」

その通りだ。今日のパンジーの行動には、俺もひたすらに疑問符が浮かび続けている。

ハッキリ言って、常軌を逸しているからだ。

「この図書室を大好きな子がいるからです。この図書室がなくなってしまったら、哀《かな》しむ子がいるからです。それを絶対に避けるために、私は唐菖蒲《とうしょうぶ》高校の図書室を助けたい」

「……あぁ～、『彼女』かぁ……」

『彼女』……今日、何度も登場した唐菖蒲《とうしょうぶ》高校の『一人目の図書委員』か。

生徒達《たち》からの評判はお世辞にもいいとは言えなかったが、パンジーとしてはシンパシーを感じたのかもな。確かに、リリスや他の生徒から話を聞いていた時に俺も思ったよ。

……なんか、パンジーみたいな奴《やつ》がいるなってさ。

「チェリー会長。私も、チェリー会長に戻って来てほしい。チェリー会長がいてほしい……」

「ワタシも……。ワタシも、チェリーさん、一緒がいい……」

「……リリスっち、つきみっち」

沈黙を保っていたリリスとつきみが、ゆっくりとチェリーのそばに近づきその手を握る。

本当は、もっと話したいことがあるのだろう。

だけど、それをこらえて、今はただ図書室を助けるためだけの言葉を伝えている。

すると、チェリーは……

「はぁ～！　仕方ないなぁ～！　分かったっしょ！　いいよ、手伝ってあげる！」

どこか達観した笑みを浮かべて、そう言ったのであった。

「い、いいんですか、チェリー会長？」

「もちろんだよ！　だって、うちがいないと困っちゃうんでしょ？　だったら、特別に戻って来てあげるっしょ！　ちょうど、受験も生徒会も終わって暇だったしね！」

あっけらかんとした様子で言っているが、本当は違うことが俺にはよく分かる。

この短い時間の中で、チェリーなりに多くの葛藤をして、それでも図書室を助ける道を選んだんだ。だったら、その決意を……俺は止められねぇよな。

「うしし！　あ、でも、勘違いしないでよね？　うちは、あくまでもパンジーっちとリスっちとつきみっち、……それに『彼女』のために手伝うんだから！　『彼女』も三学期からは戻ってくるって聞いてるしね！　久しぶりに会えるから、楽しみっしょ！」

へぇ、三学期になったら『一人目の図書委員』とやらが戻ってくるのか。

なんとなくだが……、俺も少し会ってみたいな。

「あ、ありがとうございます！　本当に、ありがとうございます！　それと……すみません！」

「ホースっち、謝るのはダメっしょ！　だって、何を言われても許してあげないんだから！」

「……っ！　手厳しいですね」

「当然っしょ！　ふふっ！」

まだ、少しだけわだかまりを感じる二人だが、今の様子を見ている限り、ここから少しずつ溶けていくかもしれないな。そして、いつかは元通りに……

「あ、ジョーロっち！　うち、これからはちょっちバイトのシフトを減らさせてもらうね！

もうすぐ卒業だけど、まだ唐菖蒲《とうしょうぶ》高校でやることが残ってたみたいだからさ」

「はい、そっちのほうがいいですよ」

金本《かねもと》さんのメンタル的にも……とは言わないけども。

「むぅ～？　ジョーロっち、なんか失礼なこと考えてない？」

「まさか？　これっぽっちも考えてませんよ」

「ふーん。なら、いいけど……。よーし！　つきみっち、リリスっち！　早速行動開始っしょ！　うちらで、まだ残ってる生徒にお願いしにいこ！　大丈夫！　うちに任せておけば、なんとかなるっしょ！」

「うん。ワタシ、一緒に行く」

『はい。分かりました』

それからは、まさに電光石火。リリスやつきみと共に生徒達《たち》へ手伝いを頼みにいったチェリーは、三十分もしないうちに大量の生徒を連れて図書室へと戻ってきた。

ほんと、とんでもねぇ人望の持ち主だな。チェリーってやつは。

※

「はぁ～！　今日は楽しかったぁ！　それに、人手不足かいしょーしてよかったね！」

「だな！　まぁ、俺達《たち》は特に何もしてないけど、解決してよかったぜ！　にしても、チェリーさんはすげぇな！　まさか、あんなすぐに手伝いの生徒を集めるなんて！」

「私も驚いたよ。チェリーさんの人望があそこまで凄《すさ》まじいとは……。彼女のああいったところは私も見習わなければならないね」

「そうですね！　やっぱり、チェリーさんはすごいです！」

俺達《たち》の前を歩く四人が、仲睦《むつ》まじく会話をしながら駅へと向かっている。

唐菖蒲《とうしょうぶ》の図書室の件は、きっともう大丈夫だろう。再び業務の手伝いに来てくれた生徒に対して、チェリーは『うちが卒業しても、ちゃんと手伝ってね！』と約束までしていた。

これでチェリーが卒業した後も、図書室の業務は滞りなく進む。

あの、やけにアットホームで落ち着く図書室は守られたんだ。

──と、今回のトラブルはこうして無事に解決の一途をたどったわけだが……

「なぁ、パンジー。聞いてもいいか？」

まだ解決していない疑問を解決するため、俺は隣を歩くパンジーへと語り掛けた。

「何かしら？」

今日の唐菖蒲《とうしょうぶ》高校の図書室の手伝い。ホースに貸しを作りたいという気持ちはもちろんあったが、たとえそれがあっても俺は手伝いをするつもりがなかった。

終業式が控えているのに、余計なトラブルは避けたい。自分達《たち》の関係に、妙なヒビを入れてしまう可能性をできる限り避けたかったからだ。

だが、俺のその想《おも》いは、パンジーの使ったとある手段によって崩壊する。

こいつは使ったんだ。……たった一度しか使えない、俺を絶対に従わせる方法を……。

それが何かは……説明するだけ野暮ってもんか。

コスモス達《たち》四人が前を歩いて、俺達《たち》二人が後ろを歩いている。唐菖蒲《とうしょうぶ》の図書室で、コスモス達《たち》が俺に一切話しかけなかった。それが、答えなんだから。

ただ、だからこそ……

「本当にこんなのでよかったのか？　もっと別のことでも……」

「あら？　それはつまり、私にだけ特別にもう一度チャンスをくれるということかしら？」

「なわけねぇだろ！　これっきりだ！」

「ふふっ。それは残念」

その顔は、残念がっている奴《やつ》がとる顔じゃねぇよ。

やけに満足げな表情を浮かべやがって。本当にこいつは訳が分からん。

「……これがよかったのよ」

それから、少しだけ歩くとパンジーが静かに俺へ伝えた。

「どういうことだ？」

「あのね、ジョーロ君。私のお願いって、叶《かな》わないことがすごく多いの。今までも、何とかしたいと思ってできなかったことが沢山あったわ」

そうだろうか？　むしろ、問答無用で自分の希望を叶《かな》えているようなやつだと思ったが……。

「でも、これだけは譲れなかった。唐菖蒲高校の図書室だけは、必ず助けたかった。……だから、ありとあらゆる手を使ったのよ。……もちろん、使わなかった手段もあるけど」

「ホースのやろうとしたことか」

「ええ。あれは、間違った方法だもの。やらせるわけにはいかないわ」

「その意見には、半分賛成してやる」

「…………そう」

パンジーは敏《さと》い女だ。だから、今の俺の言葉で気づいてしまったのだろう。

今日の一件を通じて、俺がした決意を……。

それでも、追及しないのは、こいつ自身がそうなってほしくないと願っているからだ。

「ジョーロ君、今日はありがとう。貴方《あなた》のおかげで、私がやるべきことは全部やれたわ」

「そうですかい」

なんだよ、その自分の役目はもう終わりだと言わんばかりの態度は？

まだ、こっから先に『終業式』っつうとんでもねぇイベントがあるのに、能天気な奴《やつ》だ。

——と、この時は思っていたのだが、俺は後になって知ることになるんだ。

パンジーが……、いや、三色院菫子《さんしょくいんすみれこ》がなんのために唐菖蒲《とうしょうぶ》の図書室を助けたか。
そして、今までこいつが何を考えて行動していたかを……。

第三章

俺は伝える

「おっはよー！　ジョーロ！」

「いってぇぇぇぇぇ!!」

朝、メランコリックな俺の気持ちを吹き飛ばす背中への強烈な一撃。

誰がやったかなんて、確認するまでもない。暴行犯の正体は、

「ジョーロ！　朝の挨拶は、『いってぇぇぇぇぇ』じゃなくて『おはよう』だよ！」

俺の幼馴染《おさななじみ》……テニス部のエース、ひまわりこと日向葵《ひなたあおい》だ。

「だーかーらー、朝っぱらから背中を叩《たた》くなって、何度言えば分かるんだよ！」

「何度言われたって分かんないもん！　これがわたしの朝っぱらだもーん！」

人の背中に多大なるダメージを与えておきながら、まるで反省してねぇ……。

この幼馴染《おさななじみ》は本当に進歩がない。むしろ、最近では『言われてもやめない』と豪語しているあたり、退歩の一途をたどっているのではないか？

「ったく、てめぇは……」

いつも通りの、俺とひまわりの当たり前。物心ついた時から、俺とひまわりが一緒に登校する時は必ず行われているやり取り。だが、これは……決して、当たり前のことではない。

「えへへ！　だから、これからもわたしにお背中をドーンさせてね！」

何も考えてないように聞こえて、意味のある言葉。天真爛漫《てんしんらんまん》な笑顔の裏にある気持ちが見えてしまい、これ以上怒るに怒れなくなってしまった。

「……ちっ」

期末テストは終わりを告げた。

修学旅行後の『それぞれと二人きりで過ごす時間を作る』という約束も果たした。

そして、ついに……

「しゅーぎょーしきが終わって三学期になっても、三学期が終わって三年生になっても、こーこーせーをそつぎょーしてだいがくせーになっても、だいがくせーをそつぎょーして大人になっても、ジョーロのお背中をドーンするのは、わたしだけだよ！　わたし以外にさせちゃダメなんだから！」

俺達《たち》にとって最後の日が訪れた。

「さぁな。んな先のことなんて、まだ分かんねぇよ」

否定も肯定も今はまだしない。ひまわりのお願いへの答えはもう少し先だ。

「ぶー！　ジョーロのケチ！」

頬を膨らませて、分かりやすく不貞腐《ふてくさ》れるひまわり。

本当にすげぇ女だよ。これから先の不安を微塵《みじん》も感じさせねぇんだからさ。

「でも、続きもやるからね！　えへへ！」

「おわっ！　いきなり何をすんだよ！」

ほんの一瞬の隙をついて、ひまわりが俺の手を握りしめてきた。しまった。この天然系ビッチには、俺の背中を叩《たた》く以外にもう一つ、朝に欠かさずやってくることがあったじゃねぇか。

「ジョーロ、ガッコーまでダッシュだよ！」

「ま、待て！　今日は色々と予定がかさんでるから、できる限り体力は……」

「ダーメ！　行くよぉ！　ドンドン行くよぉ！　レッツ・ダーッシュ！」

俺のクレームなど馬耳東風。

今日もまた、俺は手を引かれながら学校への全力疾走を余儀なくされるのであった。

※

「……しんど」

問答無用のモーニングダッシュに付き合わされ、スタミナを失った俺は自席でダウン。机に右頬をベッチョリとつけて、できる限り体力を回復させようと体を休めている。

ひまわりは教室につくなりあすなろのところに向かって、楽しそうに会話を始めているのだが、本当にあいつの体力はどうなっているんだ？　とても、同じ人類だとは思えねぇぞ。

「うわ……。きも……」

今日は厄日なのだろうか？　容赦のない罵声が左隣から飛んできた。

「あんた、朝っぱらから何やってんの？」

罵声の主は呆《あき》れた口調で話しながら、俺の左隣に着席。どうやら、このまま会話を始めるつもりのようで、体の向きを僅かに俺のほうへと向けている。

「ひまわりにやられた」

「ま、どうせそんなことだろうと思ったけどね。……ふふっ。今日もお疲れさま」

今までのしかめっ面《つら》から優しい笑顔へと切り替わり、俺に癒《いや》しを与えてくれるのは、クラスメートのサザンカこと真山亜茶花《まやまあさか》。以前までは、ギャルギャルしいファッションだったが、今は俺の好みドストライクの清楚《せいそ》な姿。何度席替えをしてもサザンカは絶対に俺の左隣にいるものだから、妙な縁もあるもんだ——なんて考えたこともある。

「……今日で二学期も終わりね」

「そうだな」

僅かに重たい口調で、サザンカが言った。

今日は十二月二十二日、終業式。

二学期の終わりを生徒達《たち》に告げて、冬休みという二週間弱の休暇を俺達《たち》へ与える日だ。

今日という日が来るまで、俺は『終業式』という日をどうにも特別視しちまっていたが、迎

えてみるとなんてことはない。朝、ひまわりに背中をぶっ叩《たた》かれながら登校して、学校につい
たらサザンカと軽く会話をする。代わり映えのしない日常の始まりだ。

当たり前だよな。俺達《たち》にとっては特別な日でも、他の奴《やつ》らにとっては少し早めに学校が終わ
って、そこから休みになるってだけの日なんだから。

「あー……。あの、さ、ジョーロ」

「ん？　どうした？」

先程まで俺のほうを見ていたサザンカが、わずかに頬を朱色に染めて天井を見上げている。

「さ、三学期になったら、また席替えがあるわよね！」

「そうだな」

席替えの頻度は、月に一回。

三学期になったら月が替わるので、また席替えの時期がやってくる。

「その、さ、また隣になれたら……、あたしは嬉《うれ》しいな！」

一瞬の逡巡《しゅんじゅん》の後、どこか照れくさそうな笑顔を浮かべてサザンカはそう言った。

もし俺が鈍感純情ＢＯＹだったら、これといって深く考えることもなく「うん、そうだね」

なんて無神経な返事をできるのだろうが、

「ああ。ありがとう」

俺には、それができない。サザンカの言葉の裏の意味が伝わってきてしまっているから。

だからこそ、伝えるのは感謝だけ。心の中にある別の感情は伝えない。

その時は、まだ来ていないから……。

「それで、十分」

サザンカの声が、やけに優しく胸に染《し》み渡《わた》った。

※

時間が経《た》つのはあっという間。といっても、俺が教室についてから二十分程しか経《た》っていないが、体感時間は五分程度。気づいたら担任の教師がやってきて、終業式のために「体育館に移動しろ」と俺達《たち》に指示を出した。

周りを見てみると、ひまわりはあすなろと共に、サザンカはカリスマ群の皆様と一緒に少し歩調を早めて教室から出て行ってしまった。「私達《たち》が伝えるべきことは伝えた」と言葉ではなく、行動で示されたような錯覚を覚える。なら、俺はサンちゃんと……いねぇな。どうやらサンちゃんも、他のクラスメートともう向かってしまったらしい。しまったな、少し出遅れた。

俺も急いで体育館に――

「あら？　こんなところで必然ね、ジョーロ君」

「せめて偶然であってほしかったけどな」

教室を出た先に立っていたのは、西木蔦《にしきづた》高校図書委員、パンジーこと三色院菫子《さんしょくいんすみれこ》。

さすが、他人の思考を読むエスパー型ストーカーだ。

これからのことを考え、足が重くなっていることまでお見通しってか。こわっ。

「折角だし、体育館まで一緒に行かない？」

「どうせ勝手についてくるんだろ？」

「ええ。もちろん」

了承はせずに歩き始めたら、パンジーが隣を歩き始めた。

「…………」

特に会話はなし。しかし、妙な新鮮味を感じる。

なぜ今さら……あぁ、そうか。普段からパンジーとは会っているが、それは昼休みと放課後だけ。こんな風に、こいつと西木蔦《にしきづた》校内を歩くなんてことは、今までほとんど経験がなかった。

だから、こんな気持ちになったのか……。

ほんのわずかに起きた日常との誤差が、俺の緊張を否応《いやおう》なしに高めてくる。

だが、最も日常との誤差を感じさせたのは、パンジーの姿だ。

「ふふっ。随分と緊張しているのね」

いつもと同じ、三つ編みにさらしできつく縛った胸。いつもと同じ、淡々とした口調。

ここまでは、いつも通りなのだが……

「眼鏡はどうした？」

「つけていないわ」

今日のパンジーは、眼鏡だけはかけていない。

その変化にいったいどんな心境が隠されているのかは分からない。ただ、眼鏡がない分パンジーの目がよく見えるので、いつもより少しだけ感情が読み取りやすくはある。

「いいのか？　てめぇは、そっちの自分を……」

「ええ。もうすぐ、この格好をする必要はなくなるから」

それは、三学期からは真の姿で学校に通うということなのだろうか？

想像しただけで、とんでもない事態が思い浮かぶのだが……。

「あのね、ジョーロ君。唐菖蒲《とうしょうぶ》高校の図書室だけどね、あの日からまた手伝ってくれる人が沢山来てくれて、人手不足問題はちゃんと解消されたみたいなの」

俺の懸念を感じてか感じずか、自分の外見の話ではなく期末テスト前に行った唐菖蒲《とうしょうぶ》の図書室の件を話し出した。

「らしいな。チェリーさんが『これがうちの実力っしょ！』って、偉そうに言ってたよ」

「ふふっ。事実なんだから、そんな棘《とげ》のある言い方をしなくてもいいじゃない」

仮にそうだとしても、あのドジ神様を素直に認めるのは癪《しゃく》なんだよ。普段、俺達《たち》『ヨーキな串カツ屋』の店員が、どれだけチェリーのドジに苦しめられていると思っている？

「これで、問題は何もかもなくなった。西木蔦《にしきづた》の図書室も、唐菖蒲《とうしょうぶ》の図書室も閉鎖されることなく、みんなにとって素敵な場所でいてくれるわ」

だから、これで私の役目はおしまいよ。パンジーが、そう言ったような気がした。

ちげぇだろ。別に、何もかもがおしまいってわけじゃねぇ。

「よかったな」

「ええ。だから、三学期も一緒に楽しく図書室で過ごしましょうね、ジョーロ君」

「そうなったら、理想的だな」

分かってんだろ、パンジー？　今の俺が、てめぇに明確な答えを返せねぇことは。

「あら？　理想を目指さないなんて、相変わらず向上心がかけらもないのね」

「うっせぇ。俺は中途半端《ちゅうとはんぱ》な妥協を手に入れるので精一杯なんだよ」

「なら、その分は私が頑張らないといけないわね。私に妥協はないもの」

知ってるよ。一学期のあの日から、どんな手段を使ってでも自分の希望を叶《かな》えてきた厄介で我侭《わがまま》な最悪の女がてめぇだろ。

だから……、そんな今にも泣きだしそうな顔で俺を見てんじゃねぇ。

※

体育館に到着。パンジーは、「またあとでね」と端的な一言を残して、自分のクラスの列へと向かっていった。なので、俺も自分のクラスの列に向かおうとしたのだが、

「ジョーロ君！　少しだけでいいから、手伝ってくれないかい⁉」

その途中、元生徒会長のコスモスこと秋野《あきの》桜《さくら》によって、俺の手は容赦なくつかまれていた。手を握っていないほうには、随分と分厚いプリントの束。わずかに潤んだ瞳が、これからコスモスが言おうとしていることを、いとも容易《たやす》く俺に予測させてくれた。

「冬休みのたよりを配りたいのだが、現生徒会メンバーはまだ体制が整っていなくて……」

「はぁ」

「さ、最初は山田《やまだ》に手伝ってもらおうと思ったのだが、彼は勉学に励んでいるからね！　あまり邪魔をしてはと……」

ちなみに山田《やまだ》っていうのは元会計の人だ。

大して重要でもないし、紹介は軽く済ませるぞ。

山田《やまだ》さん、モブキャラ。以上。

「だから、ジョーロ君に手伝ってほしいなぁ～なんて……」

期待を含む声を俺に届けるコスモス。その背後から現生徒会長のプリムラがやってきた。

「コスモスさぁ〜ん！　人手が確保できたから、それはこっちで配っておくぜい！　ささっ！早くお渡し下すって！」

「えっ！　えぇぇぇ!!　そ、それは……」

「よかったな。後輩への指導が行き届いているじゃねぇか」

さて、俺は自分のクラスの列にさっさと並ぶとするか。

「いやっ！　でもっ！　その……っ！」

「ありり？　どしたの、コスモスさん？　なんか慌ててる感じにぃ〜、……ふむふむ」

狼狽《ろうばい》するコスモスと呆《あき》れた表情を浮かべる俺を交互に見つめた後、あごを手に添えるプリムラ。軽い態度に適当な発言が目立つ女だが、意外と芯はしっかりしていて敏《さと》い奴《やつ》だ。

「オッケー！　合点承知の助！　コスモスさん、人手確保は気のせいだったぜい！　だから、それを配るのはおねげぇしやした！」

「そ、そうかい!?　ま、まったく仕方ないなぁ〜！　なら、今日だけは特別に手伝ってあげようじゃないか！　えへ！　えへへへ！」

その顔は仕方ないからやってやろうって顔じゃないぞ、コスモス。

まったく……。最後の最後で、また妙なことに巻き込まれたものだ。

「じゃあ、ジョーロ君。行こうか」

まだ、やるとは一言も言っていないのに、コスモスの中では俺が手伝うことは決定事項のようだ。……いや、手伝うけどね。ここで、手伝わなかったらコスモス……っていうか、わざわざ気をつかってくれたプリムラに申し訳が立たないし。

「ふふっ。今日で二学期もおしまい。冬休みが終わったら、三学期が始まるんだね！」

生徒達《たち》へプリントを配りながら、コスモスが弾んだ声を出す。

「そうだな」

少し前までコスモスは、自分が三年生ということもあって、時間が経《た》つことに対して辟易《へきえき》している節があった。だけど、少し前……二人で出かけた日以来、その考えは大きく変わったようで、今は未来への希望に満《み》ち溢《あふ》れている。

三学期が終わったら、コスモスは西木蔦《にしきづた》高校を卒業する。

永遠の別れというわけではないが、俺達《たち》にとって大きな別れとなるだろう。

それを分かってなお、コスモスは笑っているんだ。

相変わらず、乙女チックで素っ頓狂な行動をとることは多いが、以前までわずかに顔を出すことがあった臆病者のコスモスはもうどこにもいない。もしかしたら、自分がそんな風にコスモスを変えられたのかなと思うと、少しだけ嬉《うれ》しかった。

「ジョーロ君、三学期は他の学期と比べて短いけど、私は受験も終わって空いている時間がたっぷりあるんだ！　だから卒業までにもっと沢山、色々な思い出を作ろうね！」

急《せ》かすなよ、コスモス。まだ、終業式は始まってねぇんだぞ？

その言葉への返事は終業式が終わった後にちゃんと伝える。だから……、

「努力するよ」

今は、こんな中途半端な返事だけをさせてくれ。

※

普段は「さっさと終われ」なんて考えながら、話し半分で聞く校長の長話が今日だけはやけに短く感じた。「今年やり残したことは残った時間でしっかりと終わらせて、新年には新しい目標を掲げてもっと成長してくれ」だとさ。偶然だろうが、校長までも俺の事情を知っていてプレッシャーをかけてきているような錯覚を覚えた。ともあれ、開会の言葉、校歌斉唱、表彰状授与、校長のお言葉、閉会の言葉とそつなくこなし、終業式は終わりを告げた。

教室で、事務的に配布される通信簿。最後に、担任の教師から「よいお年を」と言われたところで、高校生が二学期にやるべきことを全てやり終えたわけだ。

だが、俺にはまだやるべきことが残されている。

「よう、ジョーロ。どうだった？」

俺が一息ついていると、やけに明るい熱血笑顔で通信簿を片手に持ったサンちゃんが話しか

けてきた。そういえば、今日サンちゃんと話すのって、これが初めてかもな。

「ほとんど『3』だったけど、現国だけは『4』だったよ。……サンちゃんは？」

「へへっ！　体育は『5』！　数学と化学は『2』だったけど、期末テストで赤点は回避できたから問題なしだ！」

本人としては、通信簿に刻まれた数字よりもテストで赤点を取るか取らないかのほうが重要だったらしい。けど、それは学校側としても同じだろうな。『担任からのメッセージ』の欄にも「野球に専念して下さい。赤点さえ回避してくれればいいです」とか書かれちゃってるし。

当たり前か、甲子園で準優勝をしたピッチャーだもんな。

誰がどう考えても、勉強よりも野球を優先してもらいたいに決まっている。

「そっか。ちなみに、今日もこの後は練習か？」

「いや、今日はないぜ！　……ただ、ちょっとやらなきゃいけないことがあるんだけどな！」

「やらなきゃいけないこと？」

「ムラサメスポーツの呪いをどうにかしないといけないんだ……」

彼は、神妙な顔をしていったい何を言っているのだろう？

なぜ、全国展開しているスポーツ用品店の名前が飛び出してきているのやら。

「なんとか、明後日までになんとかしねぇとまずい。そうしないと……」

よく分からないが、大分深刻なようだ。

「え、えっと、サンちゃん。何か悩みがあるなら、話してくれてもいいぞ」

「いや！　まだ大丈夫だ！　ただ、どうしても無理そうだったら、頼らせてもらうかもしれない。その時は、ジョーロだけじゃなくてホースや特正《とくしょう》にも連絡をする！」

どんだけ万全の体制で臨まなきゃいけねぇんだよ、ムラサメスポーツの呪い。

いったい、この男は何をやらかしたのだ？

「それに、ジョーロは今日、俺なんか気にしてる場合じゃないだろ？」

「うっ！　まぁ、そうだな……」

いつもの熱い笑顔ではなく、優しさを含んだ温かい笑顔。

親友として、俺のことを信じてくれている、そんな気持ちがこもった顔だ。

「大丈夫。なるようになるさ」

「そうだといいんだけどな」

「なら、自分の力でそうしろよ」

「……だな」

「へへっ！　それが聞けて安心したぜ！　もし、ジョーロがぶっ倒れたら、俺が引きずってでも進めてやるからな！」

いつも俺の背中を押してくれる、力強い言葉。

やっぱりサンちゃんは、最高の親友だよ。

そうだな。悩んでいても仕方がねぇ。覚悟を決めて行くしかないんだ。

俺達《たち》がいつも集まる……図書室にな。

※

一歩足を進める度に俺の心臓が激しい鼓動を刻むのは、恐らく疲労からではないだろう。

ここまで来て、逃げるつもりなんて毛頭ない。

どれだけ不安があろうと、どれだけ罪悪感に苛《さいな》まれようと……やると決めたらやる。

それが俺のモットーだからだ。

あいつらに伝える、俺の気持ちを。たとえどんな結果になろうともだ。

その決意のままにドアの前で一度強めの深呼吸をして、図書室に入室したわけだが、

「……どういうことだ？」

そこには、誰もいなかった。

おかしいな？　終業式が終わったら図書室に集合しようって、前もって……ん？

「なんだこれ？」

「これが自分の代わり」と言わんばかりに、受付に置かれた四通の可愛《かわい》らしい封筒。

色は赤、白、黄色、ピンク。その四通の封筒をあけて中の便箋を確認すると、

『あたしは、あたしの場所でジョーロと話したい！』

『ジョーロ君。私はあそこで貴方《あなた》を待っているわ。もちろん、どこかは分かるわよね？』

『ジョーロ、かくれんぼだよ！　わたしのこと、ちゃんと見つけてね！』

『ジョーロ君、来てくれると信じているよ』

個性豊かな可愛《かわい》らしい字で、それぞれそんな一文が記されていた。

「なるほどな……」

これから俺は、みんなとの『二学期のおしまいに、全員に気持ちを伝える』という約束を果たす。だけど、それをあいつらは図書室で果たしてほしくなかったんだ。

なぜなら、ここは『みんなの場所』だから。

果たすなら、自分にとって特別な場所。そこで、俺からの気持ちを聞きたいと言っている。

だから、その場所に来てほしいのだろう。

「……分かったよ」

あいつらが、それぞれどこにいるか。見当はついている。サザンカもパンジーもひまわりもコスモスも、どこで待っているか手に取るように分かるよ。

なんっつーか、これも成長の一つなのかね？　――なんて、考えてる場合じゃないか。

「いいぜ、行ってやるよ……」

受付に置かれていた四通の封筒を鞄《かばん》にしまい、俺は図書室をあとにした。

みんなに会うため、自分の本当の気持ちを伝えるため、俺は図書室を出発した。

これから様々な場所に向かうわけだが、いったい誰から会いに行くのが正解なのだろう？

決して答えの出ない疑問を浮かべながら、俺はシンプルに『屋内じゃなくて屋外にいそうな奴《やつ》から、近い順に会いに行こう』というルールを設けて行動を始めた。北海道《ほっかいどう》と比べると暖かいが、それでも季節は十二月。肌寒いという言葉では済まされない程度には冷えた気候だ。

昇降口で上履きから革靴に履き替え、校舎から外に出る。右手に握りしめられているのは、赤い封筒。つまり、最初に向かったのは……

※

「よう、サザンカ」

「わっ！　あ、あんた、なんであたしのいる場所が分かったのよ⁉」

サザンカが俺を待っていた場所。それは校庭だ。といっても、校庭の中心に独りで立っていたわけではなく、少し外れたところにある小さな花壇のそば。

「サザンカなら、ここにいるかと思ってな」

「ふ、ふーん。そうなんだ、ふーん！　よく分かったわね！　あんたにしては上出来よ！」

「ま、こんぐらいは余裕だよ」

普段からあまりサザンカに褒められることがないので、褒められたことを素直に喜んだ。

「え、えっと、随分早かったわね？　もう、みんなのところには？」

誰もいないと分かっているはずなのに、キョロキョロと周囲を確認する仕草が妙に可愛《かわい》らしかった。普段は強気なのに、時折見せる弱さもまたサザンカの魅力だからだろう。

「いや、サザンカが最初だ」

「……っ！　そ、そう！」

この事実が、サザンカにどんな感情を生み出したかは分からない。逆の立場だったら、良くも悪くも取れるからだ。

「じゃ、じゃあ……」

僅かに強張《こわば》った表情のまま、サザンカはゆっくりと俺のそばへと近づいてくる。

そして、いつもの教室のように、俺の左隣に立った。

「ビ、ビックリよね……。まさか、あたしとあんたがこんな風になるなんて、さ」

「そうだな。一学期の初めには想像もできなかったよ」

初めはカリスマ群A子なんて呼んで、俺はただただサザンカを恐れていた。できる限り、関わり合いになりたくない相手だと、目すら合わせようとしなかった。

だけど、少しずつ……本当に少しずつ一緒にいる時間が増えていって、気づいたらサザンカは俺にとってなくてはならない存在になっていた。

素直じゃないけど、一生懸命で優しい女の子。自分のためではなく誰かのために全力で頑張れる女の子。自分の苦労を周りに見せることはせず、いつも頑張るその姿は、どこか危なっかしくてほっとけない、できることならそばで守ってあげたい。

そんな女の子に、サザンカは俺の中でなっていたんだ。

「その……、前にさ、一度だけあんたとあたしって恋人になったことがあったじゃない？　ま、まぁ、嘘の恋人だったけど……」

「あったな。あの時は、本当に恐ろしかったよ。主に……ミントが」

二学期の初め、サザンカにストーカーがいるとアイリスから相談を受けた俺は、サザンカを守るために偽りの彼氏として振る舞った。

ミントという、アイリスの彼氏で偽りのストーカーを演じていた男に翻弄されながら。

「その、怖かっただけ？」

「いや、なんやかんやで楽しかった」

「そっか。……ふふっ。よかった」

言葉に嘘はない。いくら偽りの関係とはいえ、サザンカと恋人のふりをする時間は楽しかったんだ。もし、この子と本当の恋人同士になれたら、こんな風に毎日が過ごせるのかと夢も抱かせてくれた。

「あたしさ、二学期になってからジョーロといっぱい一緒にいたよねっ！　恋人だけじゃなくて、体育祭とかでもっ！」

「そうだな。特に体育祭では、サザンカがいてくれて本当に助かったよ」

「ふふっ！　ヒイラギは、大変だったわよね！　ま、すごく楽しかったけど！」

「ヒイラギ曰《いわ》く、『サザンカちゃんは、二番目に私を甘やかしてくれる人なの』だそうだ」

「うげっ……。なによ、それ……。ちょっと迷惑。……まぁ、いいけど」

　体育祭では、ツバキとヒイラギの聖戦に巻き込まれた俺を助けるため、サザンカは圧倒的に不利だったヒイラギ側についてくれた。本当は恥ずかしいだろうに、わざわざメイド服を着て売り歩きまでしてくれてさ。勝負の結果は、俺にとって色々と残念な結末をもたらしたが、ヒイラギの人見知りを直すという最大の問題を達成できたのは、サザンカがいてくれたおかげだ。

「ちぇ……。この時間だと、まだ夕日は見れない、か」

「ちょうど正午を過ぎたくらいだしな」

　一つの思い出を飛ばして、サザンカが『夕日』という言葉を出したのは、テスト休みに二人で出かけた時のことを思い出しているからだろう。あの日、サザンカは俺と一緒に公園から見える最高の夕日を見たがっていた。一応、見るには見られたのだが、紆余《うよ》曲折《きよくせつ》があってサザンカの望む形にはならなかった。それでも、最後にサザンカは「自分が望む以上のものが見れた」と言ってくれたので、あの日のことはいい思い出となったようだが。

「あ、あのさ！　あたし、前にここで言ったわよね？　……繚乱祭《りようらんさい》の時に」

飛ばした思い出を再び戻してきたのは、それがサザンカにとって最も重要な思い出だからだろう。……当たり前だよな？　なんせ、サザンカが俺を待っていたこの場所は、校庭の外れたところにある花壇は……繚乱祭《りょうらんさい》で、俺に気持ちをぶつけてきた場所なのだから。

「ジョーロが大嫌いだったけど、ジョーロが大好きになった。だから、今度はあたしがあんたの気持ちを変えてみせるって」

「言ってくれたな。あの言葉は、本当に嬉《うれ》しかったよ」

嘘はない。俺の言葉に、何一つ嘘なんてない。サザンカから気持ちをぶつけられて嬉《うれ》しかった。気持ちを変えてみせると言われて、嬉《うれ》しかった。

「ほんと！　じゃ、じゃあ……」

「次の席替えでは、左隣じゃねぇかもな」

だが、その喜びを以《もっ》てしても変わらないものはある。

「……え？」

明るく優しいサザンカの笑みが凍り付く。俺の胸に巨大な手で鷲掴《わしづか》みされたかのような痛みが走った。だが、もう止まれない。初めから決めていたことだ。

今日、サザンカに伝えるべき言葉は……

「ごめん、俺の気持ちは変わらなかった」

嘘をついた。本当は、変わったんだ。あの瞬間、俺はサザンカに恋をして、サザンカと恋人になりたいと思った。だけど、それでもやっぱりちらつくのは、アイツの顔で。

アイツのそばにいたいと思う自分を、抑えることができなかったんだ……。

「な、なんでよぉ……」

綺麗な瞳からポロポロと溢《あふ》れ出《で》るのは、サザンカの涙。隣で震える小さな少女にできることが何もない自分が、どうしようもなく情けなかった。

「あたし、頑張るよ！　ジョーロがしてほしいことなら、何でもしてあげられる！　ジョーロが嫌がることは何もしない！　ジョーロのそばにいたい！　一番そばにいたいの！」

震える右手が、俺の制服をつかんだ。

「無理だ。俺は、サザンカに一番そばにいてほしくない」

「〜〜〜っ!!　どうしてよぉ……」

「アイツが一番好きだからだ」

自分がどれだけ残酷なことを言っているか、十分に自覚はできている。

だけど、ここで生半可な優しさを出すのは『逃げ』だ。サザンカの気持ちを楽にしよう、少しでも傷つけないようにしようなんてのは、自分の気持ちを楽にするためのいいわけ。

善意の皮をかぶった自己満足だ。……だから、俺は全てを告げる。

絆《きずな》を……。これまで紡《つむ》いできた、サザンカとの絆《きずな》を破壊するために。

「どうしてよ……、どうしてよ……。なら、どうして、あたしに恋をさせたのよ！」

瞳から涙をあふれさせ、真っ赤になった目でサザンカが俺を睨《にら》みつける。

「…………っ!!」

「すっごく好きになっちゃったのよ！　毎日毎日、ジョーロのことばかり考えて、ジョーロとしたいことばかり考えてて、ずっとずっとジョーロばっかりなのよ！　どうして、あたしに恋をさせたのよ！　どうして、あたしにジョーロを好きにさせたのよ！」

「それは……」

そんなつもりはなかった――そんな言葉を言えるわけがない。

あった……。俺の中には確かにあったんだ……。あわよくば、サザンカに好かれたいという汚い打算が。そんな中途半端《ちゅうとはんぱ》な気持ちが、サザンカを振り回したんだ。

一度だけ、サザンカに嘘をついた。だけど、これ以上嘘をつくのは……反則だ。

「み、魅力的だったからだよ！」

「……え？」

「サザンカが可愛《かわい》かったからだよ！　ある日いきなり、俺の好みドストレートの清楚《せいそ》な女の子が隣に現れたんだぞ！　サザンカに好かれたいと思っちまったんだよ！　乱暴でこぇぇけど、本当はすげぇ優しいサザンカに好かれたいと思っちまったんだよ！」

半ばやけくそに、俺は思いのたけをぶつけた。

「悪かった！　サザンカに見てもらいたいって、俺の我侭《わがまま》な気持ちがてめぇを振り回した！　そのせいでこんなことになっちまって、本当に悪いと思ってる！」

今の自分の感情を表現する言葉が見つからない。だから、俺はただただ頭を下げる。

くそ……。本当はサザンカの顔をしっかりと見ておきたいのに、これじゃ見れねぇな。

「……そっか」

頭を下げてから僅かな時が経過すると、サザンカは小さな声でそう呟《つぶや》いた。

「ジョーロ、頭をあげて」

優しさを内包した声に誘われるように、俺はゆっくりと頭を上げる。

すると、そこにいたサザンカは、やっぱり瞳からはボロボロと涙を流しているけど、それでも精一杯の笑顔を浮かべて、トンと優しく俺の頬に自らの拳をあてた。

「てっけん、せいさい」

効いたよ……。今までで一番痛い拳だ。これ以上、自分の顔を見られたくないのか、サザンカは俺の頬に自分の拳をあてたまま、静かにうつむいた。

「ありがとう、あたしに楽しい時間を作ってくれて。ありがとう、あたしに恋をさせてくれて。ありがとう、あたしを褒めてくれて。ありが……う、うぅぅぅぅ!!　ダメだよぅ……。もし、ダメでも、いつものあたしでいたかったのに、いつものあたしじゃいられないよぅ……」

サザンカの体の震えが拳越しに頬へと伝わってくる。

本当はまだ聞きたい話がある。もっと、この子のそばにいたいと思う自分がいる。

「……頑張れ、亜茶花《あさか》。……がんばれ！　あさか！」

必死に自分へ訴えかけ、サザンカが力強く顔を上げた。

「あ、あんたの顔なんて、これ以上見たくないわ！　だから、さっさとどっか行っちゃいなさいよね！　ハッキリ言って、迷惑だから！」

ありったけの気持ちを込めて作り上げた真山亜茶花《まやまあさか》を演じ、俺の背中を押すサザンカ。

その優しさが嬉《うれ》しくて、だけどその優しさに甘えてしまう自分が情けなくて、

「……分かった」

それでも、俺はこれ以上ここにいることはできない。

だから俺は、静かに自分の頬からサザンカの拳をはなすと、一人で歩き出した。

「う、う、う……あぁぁぁぁぁぁぁぁぁあん!!　一緒がよかった！　ずっと一緒がよかったよぉおぉぉぉ!!　ジョーロ……ジョーロォォォォ!!」

背後から聞こえる、少女の叫び声に応えずに。

初めから覚悟はしていたことだ。相手を傷つけることなんて。

それでもやっぱり……効くなぁ……。

ダメだ、自分の身を案じてる場合じゃねぇだろ。

まだ終わってねぇんだ。最後までやり遂げろ。

片手に握られているのは白い封筒。校庭から移動をした俺が向かった先は……

※

「よう。パンジー」

体育館裏にある巨大な楓《かえで》の木……ナリツキのそばに立つパンジーの下だ。

「あら？　私の予想では、ジョーロ君は私がどこにいるか分からず哀れに慌てふためいて、息切れした豚のような状態で来ると思ったのだけど、珍しく外してしまったようね」

相変わらずの毒舌は絶好調。こんな日でも、本当にこいつはぶれないな。

……いや、そんなことはないか。こいつはこいつで、覚悟を決めている。

少しだけ驚いたよ。なんせ……

「まさか、そっちの格好で待ってるとは思わなかったけどな」

いつもの三つ編み眼鏡ではなく、本当の姿でこいつはここに立っていたのだから。

「求めている言葉を聞くための可能性を、少しだけ上げたかったのよ」

「今さらそんなんで、俺の言葉は変わりゃしねぇよ」

決意なんて、とっくのとうに済ませてあるんだからな。

「そう。……ところで、ジョーロ君はどうして私がここにいると分かったの？」

その通りだな。パンジーは、西木蔦《にしきづた》高校で自分のクラスと図書室以外にはほとんどいないし、ゆかりの場所なんてどこもない女。だから、本来であれば図書室で待っているのが相応《ふさわ》しいともいえるのだが、こいつがいたのはナリツキ。

その理由は……

「ここ最近、どうにも『願い』って言葉をてめぇからよく聞いていたからな」

「よく分かっているじゃない」

唐菖蒲《とうしょうぶ》の図書室を手伝いに行った日にパンジーは、『自分の願いは叶《かな》わないことが多い』と言っていた。だからこそ、今日という日に自分の願いを叶《かな》えるために、『たった一度だけどんな願いも叶《かな》えてくれる』と言われているナリツキにこいつがいると思ったんだ。

「ねぇ、ジョーロ君。少しだけ、お話をしない？」

「思い出話でもするつもりか？」

「それもいいかもしれないわ。私とジョーロ君の素敵なお話がいっぱいあるもの」

「ざけんな。ろくなもんはねぇよ」

　こいつとの思い出は散々だ。いきなり脅されて問答無用で図書室に通わされることになるわ、人の本心を見抜いて言われたくねぇことをズバズバ言ってくるわ、気が合うダチと喧嘩《けんか》をすることになるわ……とにかく、まともな思い出なんざ一つもねぇ。

「あら、それは残念」

　どこか余裕のある態度で、微笑を浮かべるパンジー。

　どうやら、初めから思い出話をするつもりではなかったようだ。

「で、何を話すんだよ？」

「そうね。私のお話なんて、どうかしら？」

「てめぇの話だ？」

「ええ。私という女の子のお話よ」

　どういうこっちゃねん？　今まで、こいつとは散々一緒に過ごしてきた。だから、パンジーがどんな女かなんてことは、俺が誰よりもよく分かっているつもりだ。

「今さら、んなこと話す必要はねぇだろ」

「それはつまり、貴方《あなた》は私のことを理解していると判断していいのかしら？」

　多分な。そう言おうとしたが、妙な力強さを持つパンジーの瞳にせき止められた。

　だが、何も反応しないわけにもいかないので、俺はせめてもの抵抗で小さくうなずく。

「なら、聞かせてちょうだい。貴方《あなた》が私をどんな女の子だと思っているか」

「どんな滅茶苦茶《めちゃくちゃ》な方法でも、絶対に自分のやると決めたことをやる女。案外、ガキっぽいところがあって、気に喰《く》わないとすぐ不貞腐《ふてくさ》れる。一人で生きていけるって自分に言い聞かせてるが、本当は寂しがり屋で誰かにそばにいてほしいと思ってる。だからこそ、友達になったやつのことは全力で信用して、そいつらの力になる」

間違っていたらどうしよう。その不安をせき止めるために、俺は言い切った。

「こんなもんか？」

「ふふふ……っ。『ジョーロ君が大好きで仕方がない』を忘れてるわよ」

忘れてねぇよ。あえて、言わなかっただけだ。

「一つ抜けていたけど、及第点の解答ね。褒めてあげる」

「んじゃ、俺からも一つ質問をしていいか？」

「ええ、構わないわ」

もう少しパンジーの話に付き合ってやりたいと思う自分もいるが、先延ばしをしすぎるのはダメだ。だから、早いところ本題に入っちまおう。

「てめぇは、ナリツキに何の願いをしていた？」

ここ最近、『願い』という言葉にこだわっていたパンジーが、どんなことでも自分の力でやり遂げようとするパンジーが、ナリツキに願わなければならないこと。

それは……

「簡単よ。『これからも、みんなで一緒に図書室で過ごせますように』。それが私の願い」

やっぱりな……、そうだと思ったよ。

「そうか。みんなで一緒に図書室で過ごす……か」

「ええ。簡単なお願いでしょう？　私とジョーロ君はいつでも一緒ですもの。だから——」

「そいつは大きな間違いだな」

パンジーの言葉をさえぎって、俺ははっきりとそう伝えた。

「どうしてかしら？」

淡々とした言葉の中に、わずかな震えを混ぜてパンジーが聞き返す。

「てめぇの願いが叶《かな》わねぇからだ」

「叶《かな》うわ。……絶対に叶《かな》えてみせる……」

自分に言い聞かせるように、パンジーが言葉を口にする。

「いくらてめぇでも、こいつだけは無理だ。だから、別の願いにしろ」

「り、理由を……聞いてもいいかしら？」

震える声。揺れる瞳。口から漏れる白い息が、儚《はかな》く霧散していった。

決まっていたことだ。俺は、これをパンジーに伝えるためにここに来たのだから。

「三学期になったら、俺は図書室に行かねぇ」

「……ダメよ」

「悪い……。一学期にした『毎日一度は図書室に来ること』って約束をやぶっちまって」

「……嫌よ」

「似たようなことを言わないでくれよ」

「貴方《あなた》がひどいことを言うからじゃない」

本当にその通りだよ。終業式が終わってみんなと会ってから、俺は『ひどいこと』しか言っていない。誰かを傷つける言葉しか言えていない。

「そうだな……。俺はひどい奴《やつ》だ……」

だが、それでも止まることはしない。誰も傷つけずに終わらせられるような段階は、とっくに過ぎちまってんだ。だから、俺は傷つけ続ける。それが、必要なことだと思うから。

「……俺はもう、図書室にいれねぇんだ……」

「私は一緒にいたいわ」

俺だって一緒にいたい――咄嗟《とっさ》に喉から零《こぼ》れそうになった言葉をすんでのところで止める。

耐えろ……。耐えるんだ……。自分で分かってるんだろ？

俺はもう図書室にいていい存在じゃねぇんだ。

「なら、私はどうしたらいいの？　ジョーロ君がいないと――」

「てめぇの周りには、俺以上に頼れる奴《やつ》がわんさかいるよ」

「――っ！　ジョ、ジョーロ君にも……いてほしい、の」

顔を見られたくないのか、パンジーが俺ではなく背後にあるナリツキのほうへと体の向きを変える。だが、それで隠せるのはあくまでも表情だけ。小さく震える肩は隠せていない。

こうして、パンジーの背中を見るのは初めてかもしれないな。こいつは、どんな時でも真《ま》っ直《す》ぐに正面から俺を見つめ続けていたのだから。

「俺はいれない」

だから、今日は俺が代わりに、真《ま》っ直《す》ぐに正面からパンジーを見つめよう。

たとえ背を向けられても、自分の意志を、自分の言葉を伝えるために。

「……乱暴ね……。それに、まるで優しくない……」

少し離れたら聞き取れないような小さな声で、パンジーがそう言った。

だが、何を言われようとも答えが変わることはない。三学期になったら、俺は図書室には絶対に行かない。それは、決して揺るがない事実だ。

「……私の求めている言葉は、聞けそうにないわ……。私は、ここまでみたい……」

ナリツキに向けて放たれた言葉の意味を、俺は理解することができなかった。

だが、理解できることもある。パンジーの望んだ未来は訪れなかった。

いや、俺が訪れさせなかったんだ……。

「………もう、行くよ」

「ええ。さようなら、ジョーロ君」

もしかしたら呼び止められるかもしれないという淡い期待を抱いたが、そんなことは起き得ない。淡々と言葉を紡《つむ》ぐパンジーは背を向けたまま。つい先程したばかりの、真《ま》っ直《す》ぐに正面から見るという決意はすぐさま霧散して、俺もまた背を向けて歩き出した。

※

ナリツキでパンジーから逃げるように背を向けて歩き出した俺は、黄色い封筒を片手に次なる人物の下へと向かっていた。図書室を出発してから経《た》った時間は四十五分。

随分と長い間、待たせちまってるな。

「ジョーロ、おそい！　むーっ！」

「悪かったよ、他に寄るところがあったんだ。……ひまわり」

体のサイズに不釣り合いなダッフルコートに身を包み、テニスコートで白い息を荒々しく吐く俺の幼《おさな》馴染《じみ》は、案の定不機嫌だった。

「すっごく待った！　待ちくたびれた！　つかれたつかれた！」

本当に待ちくたびれてる奴《やつ》は、そんな激しく地団駄をふまねぇよ。かといって、待たせてしまったのは事実なので、反省すべきは俺なのだが。

「分かったって。だから、一応詫《わ》びに……ほら」

「わぁ～！　あまおうクリームパンだ！」

本当はあらかじめ準備していたものだが、体よく詫《わ》びとして俺は差し出した。

「いっただきまーす！」

あまおうクリームパンは、その姿を見せると同時にあっという間に俺の手からひまわりの口の中へと消えていった。本当に、あっという間に……。

「ん～！　美味《おい》しい！　やっぱり、あまおうクリームパンは最高だねっ！」

天真爛漫《てんしんらんまん》な笑顔を浮かべトレードマークのアホ毛を揺らすひまわり。こいつにだけちょっとした贈り物を用意していたのは、他の奴《やつ》らにはない特別な関係を俺達《たち》が築いているからだろう。

「ねねっ、ジョーロ！　きょーで二学期が終わって、三学期も終わったら、わたし達《たち》さんねんせーだよ、さんねんせー！　いっちばん上だよ！」

本来の年齢よりも幼く見られがちなひまわりは、中学生の時から学年が上がるのを誰よりも喜んでいた。後輩ができることで、体は小さいままでも立場は大きくなれるのが嬉《うれ》しいらしい。

「てめぇに三年生はちょっと早い気もするけどな」

「むぅー！　そんなことないもん！　わたしも立派な大人のレディーだもん！」

立派な大人のレディーは、自分でそんなことは言わないぞ。

「いっぱいいっぱい色んなことをけーけんして、どんどんどんどん成長するの！　ジョーロもいっしょにせーちょーだよっ！　だってわたし達《たち》、幼馴染《おさななじみ》だもん！」

そうだな、どんなことがあっても、俺達《たち》は幼馴染《おさななじみ》だよ……。それだけは、揺るがない。

住んでいる場所も近くて、物心がついた時からずっと一緒にいた少女。誰との思い出が一番多いと聞かれたら、俺は間違いなくひまわりと答えるだろう。

そばにいるのが当たり前。だからこそ特別な存在。それが、俺にとっての日向葵《ひなたあおい》だ。

「ねね、ジョーロ！　わたしね、すごいことに気づいちゃったの！」

「すごいこと？」

「うん！　あのね、しょーがくせーの時はわたしとジョーロ、それにライちゃんでいっしょにいたでしょ？　ちゅーがくせーの時はわたしとジョーロ、それにサンちゃん……あと、たまにビーちゃんといっしょにいたでしょ？　それで、こーこーせーになったら、わたしとジョーロ、それにサンちゃんとパンジーちゃんとコスモスさんとあすなろちゃんとツバキちゃんとサザンカちゃんとヒイラギちゃん、たんぽぽちゃん。それにとーしょーぶのみんなといっぱいいっしょにいれるようになってるの！　どんどんどんどん、お友達がふえてるんだよ！」

「そうだな、特に高校生になってからの人数の増加がすさまじい」

「でしょ～？　だからね、だいがくせーになったらもっと増えちゃうよ！　友達百人でおにぎり食べれちゃうよ！」

ひまわりの中に『別れ』という概念はないのだろう。俺は、小中学生の頃に仲が良かった奴《やつ》なんて、ほとんど疎遠になっているというのにな。

けど、それがひまわりだ。人のいいところをしっかりと見つけて、悪いところは見つけない。無神経だとか鈍いとか思う奴《やつ》もいるだろうが、俺はすげぇ奴《やつ》だと思う。

俺は、いつも人の悪いところを先に見つけるくせがあるから。

「でねでね、ジョーロ。じつはすっごくいいお話があるの！」

屋外の寒さを微塵も感じさせない笑顔で、ひまわりがグッと俺のそばにきた。

「いい話？」

「わたしね、しゅーがくりょこーの後からライちゃんと毎日お電話してるんだけど、春休みになったらライちゃんがこっちに遊びに来てくれるんだって！」

「そっか。それはよかったよ……」

心からの言葉だ。ずっと歪《いびつ》だったひまわりとライラックの関係が、今は綺麗な形で結び直されているという事実は、俺の胸に安らぎを与えてくれる。

そっか……。今でもちゃんと連絡を取り合ってるんだな……。ひまわりとライラックは。

「だから、三人であそぼーね！　……ううん、もっと沢山！　西木蔦《にしきづた》のみんなもとーしょーぶのみんなもいっしょに、みんなであそぶの！　絶対、絶対楽しいもん！」

ふと、瞼《まぶた》を閉じて思い浮かべる光景。春休みにライラックがやってきて、あすなろと一緒にひまわりの我侭《わがまま》に振り回される。そんな様子を見て、笑う他の連中。自分は付き合わないぞと一歩離れるパンジーとサザンカだが、結局はひまわりにつかまって付き合わされる。

想像するだけで、本当に楽しそうだよ。

だけど、

「俺は遠慮しておくよ」

その光景の中に、俺の姿はどこにもいなかったな……。

「え？　ど、どうしてぇ……？」

ひまわりは能天気で何も考えていないように思えて、言葉の真意を汲《く》み取《と》れる少女だ。

だから、今の俺の言葉で分かってしまったのだろう。分かっていながら確認をとったのは、すがり。まだ、壊れていないんだとその小さな手を精一杯伸ばしているからだ。

「ひまわり、もう朝に背中をドーンするのはやめてくれ」

だが、その手を俺がつかむことはない。

俺の二つの手は、アイツの手をつかむためだけに存在しているのだから。

「……う。わかっ……やだっ！」

先程までの天真爛漫《てんしんらんまん》な笑顔は消え、瞳から溢《あふ》れ出《だ》した涙をまき散らしながらひまわりが叫ぶ。

「やだったら、やだ！　わたしは、わたしはジョーロのお背中ドーンってしたい！　ジョーロのお背中ドーンてさせてくれないなら、もういっしょに学校にいってあげないよ！」

「そうしてほしい。俺とひまわりは、もう一緒に学校に行くべきじゃない」

「あぅ！　う、う、……うぅぅぅぅぅぅ‼」

ずっと幼馴染《おさななじみ》としてそばにいてほしい。なんてのは、俺の一方的な我侭《わがまま》だ。ひまわりは、もうその関係じゃ嫌だと俺に言っている。もっと先の、次の関係に進みたいと言っている。

だけど、俺とひまわりはその関係に進めないんだ……。

「そしたら、全部やってあげないよ！　ジョーロといっしょにあそばないし、ジョーロといっしょにあまおうクリームパンもたべてあげない！　春休みだって、ジョーロといっしょにあそんであげないんだよ！　ジョーロ、さみしいよ！」

ボロボロの今にも壊れそうな絆《きずな》を組み立てようと、懸命に言葉を紡《つむ》ぐひまわり。考えることが苦手なのに必死に考えて、バラバラに崩れそうな絆《きずな》を必死に支えて……

「それでいいんだ」

寂しいけど、という言葉は付け加えない。それを言ってしまったら、ひまわりがもっと頑張ってしまうから。自分のためにも誰かのためにも、どんな時でも全力で頑張ってしまうこいつを、これ以上俺のために頑張らせるわけにはいかない。

「ダメだもん！　それじゃ、ジョーロかわいそうだもん！　ジョーロには、わたしがいないとダメなの！　わたしには、ジョーロがいないとダメなの！　だって、わたし達《たち》……」

「幼馴染《おさななじみ》。それだけだ」

ひまわりの恋人になりたいと思ったことなんて、数えきれないほどにある。当たり前だ。

「うそっ！　ジョーロ、うそついてる！　わたしのこと、幼馴染《おさななじみ》だけじゃない！」

そうだったな。こいつには、俺の嘘が通じないんだった。

……くそっ。本当に俺は、スムーズにできねぇやつだ。

「そうだな、俺はひまわりのことを幼馴染《おさななじみ》以外にも可愛《かわい》い女の子として見てる」

観念して、本当の気持ちを伝えるしかない。たとえ、どれだけ残酷なことを言うことになるとしても、そうしないとひまわりを止められないから。

「ひまわりと色んなことをしてみたいって思ったよ。幼馴染《おさななじみ》じゃなくて、恋人として。その気持ちはすげぇ沢山あった」

「じゃ、しよーよ！　わたしもいっしょだよ！　たくさんあるよ！　ジョーロといっしょにしたいこと、いっぱいいっぱいいたくさんあるんだよ！」

「けどさ……」

「けど、なに!?」

「アイツと恋人になりたいって気持ちがもっと沢山入ってきて、ひまわりへの気持ちは溢《こぼ》れちまったんだ……」

器の容量は決まっている。ずっと幼馴染《おさななじみ》だと想《おも》っていた少女が、ある日『女の子』に見えて、それ以来自分に『幼馴染《おさななじみ》だ』と言い聞かせる日はもちろんあった。それでも抑えられない気持ちが生まれたことも事実だ。だけど、それ以上にアイツへの気持ちがドンドン大きくなって、ひまわりへの気持ちは……

「じゃ、入れ直す！　わたしの気持ち、ジョーロに入れ直す！」

「ダメだ。それだけは、絶対にさせねぇ」

「あ、あぁ……」

ひまわりの瞳に負けないくらいの、強い意志を眼《め》に込めて俺は伝える。いつもひまわりとの言い争いには負けてきた俺だが、今日だけは絶対に負けるわけにはいかねぇんだ。

「……い、いいもん」

僅かな静寂の後に、ひまわりが小さくそう呟《つぶや》いた。

「いいもん、いいもん！　ジョーロなんていらないもん！　わたし、ジョーロいなくても楽しいもん！　ジョーロいないほうが楽しいもん！　だから、いい！　ジョーロ、いらない！」

なぁ、知ってるか、ひまわり？

てめぇが俺の嘘を見抜けるみたいに、俺もてめぇの嘘が見抜けるんだぜ？

「……そうか」

いつも自分本位なひまわりが、自分のためではなく俺のためについた嘘。

その勇気を無下にするわけにはいかない。ここで、その勇気を否定したら、ひまわりが俺から離れられなくなってしまう。

「ジョーロはイジワルで嘘つき！　だから、いらない！　……い、い、いらないの！」

両拳を強く握りしめ、ひまわりが叫ぶ。テニスコートに、いくつもの水滴がはじけ飛ぶ。

水滴が一つはじけ飛ぶたびに、今までひまわりと作ってきた思い出が壊れていくような感覚が走り、俺もまた拳を強く握りしめた。

「……ひっく！　……ひっく！　うぐ……、うぐ……」

「俺、もう行くよ……」

これ以上、水滴を増やしたくない。自分のためか、ひまわりのためかは分からない。

小さくて大きな幼《おさな》馴染《じみ》に背を向けて、俺は去って――

「バイバイ！　ジョーロ！」

「いってぇぇぇぇ!!」

いこうとした瞬間、背中にいまだかつてないほどの痛みが襲い掛かった。

やったのが誰かなんて、確認するまでもない。

「ジョーロ、お別れの挨拶は『いってぇぇぇ』じゃなくて『バイバイ』だよ！」

俺の幼《おさな》馴染《じみ》、ひまわりこと日《ひ》向葵《なたあおい》だ。

「だから、どんな時でも俺の背中をぶっ叩《たた》くんじゃねぇよ、ひまわり！」

「えへへ！　そうだね！　そうだね！　……そのお顔はわたしだけのだね！」

「……は？」

瞳に涙をためながらも、天真爛漫《てんしんらんまん》な笑みを浮かべるひまわり。その顔とはなんのことだろう？

「ジョーロ、わたしが先だよ！　わたしが、先に進んじゃうんだから！　ジョーロは、まだここでクネクネしてるの！」

「分かったよ……」

ひまわりが、俺に背を向ける。小さな背中が、今だけはやけに大きく見えた。

――元気なわたしを見てね！

何となくだが、そう言った気がした。

「よーし！　それじゃあ……ぐす……レッツ・ダーッシュ！」

活発な声と共に、ひまわりはあっという間にテニスコートからその姿を消していった。

※

終業式の約束ももう終盤。まだジンジンと熱を発する背中の痛みと共に、俺は再び西木蔦《にしきづた》校内へと戻っていた。……たった一人、校舎内で待つあいつに会うために。

目的地に到着すると同時に、ピンクの封筒を持っていないほうの手でドアを二回ノック。体に染《し》みついたしきたりが、俺の体を自然にそう動かした。

「どうぞ」

ドアの向こうから聞こえてくる優しい声に呼応して中に入ると、そこで俺を待っていたのは西木蔦《にしきづた》高校元生徒会長……コスモスこと秋野《あきの》桜《さくら》。

コスモスが俺を待っていた場所は、当然ながら生徒会室。

こいつにとって自分だけの特別な場所といったら、ここ以外ありえない。

正直に言えば、誰よりも最初にどこにいるか分かったのはコスモスだった。

「どうやら、私が最後だったようだね」

先程のひまわりと同様、長いこと待たされたコスモスが落ち着いた口調でそう言った。

机の上には愛用のピンク色のノート。どんな時でも、コスモスが欠かさず持っているコスモスノートと俺が呼んでいる代物だ。

「それとも、どこにいるか分からなかったのかな？」

「いや、どこにいるかは最初から分かってたよ」

「ふむ。どちらでとらえればいいか、悩ましいね」

生徒会室にいるということもあってか、どこか余裕を感じさせる生徒会長モードのコスモス。

この落ち着いた所作が、俺はずっと好きだった。ずっと憧れていた。

だから、本当のコスモスを知った時は驚いたよ。……けど、前よりもっと好きになった。

「その答えは、これから伝える予定だ」

「そうかい。……だけど、後回しにされた分、我侭《わがまま》をさせてもらってもいいかな？」

「我侭《わがまま》？」

「あっちの呼び方で、私を呼んでくれないかい？」

「分かったよ。……桜《さくら》」

「ふふっ。ありがとう」

コスモスはずっと自分が年上であることを気にしていた。だからこそ、少しでも距離を縮めるために、「敬語をやめてほしい」、「あだ名ではなく名前で呼んでほしい」と俺に頼んできた。

いつもは大人っぽくて余裕のあるコスモスが、そんな時はとびっきり可愛《かわい》らしい女の子になるのだから、どれだけ胸を高揚させたかなんて、本人は気づいてないんだろうな。

「実はね、今日を最後にしようと思うんだ」

「最後？　何の話だ？」

「生徒会室に来るのをだよ。いつまで経《た》っても前生徒会長が来ていたら、今の生徒会のメンバー……特に生徒会長のプリムラさんが困ってしまうだろう？　だから、今日が最後。私はもう生徒会室には来ない。三学期も用がなければ、ほとんど学校に来ないだろうね」

なるほどな。色んな意味で、全てにけじめをつけるためにこの場所にしたってことか。

「だから、ジョーロ君に私が学校に来る用事を作ってほしいなぁ～……」

いきなり乙女チックモードになった。切り替えポイントがいまいちよく分からない。

「用事っていきなり、んなこと言われても……」

「大丈夫！　なせばなるよ、ジョーロ君！」

なぜ、言っている本人が他力本願なのか聞きたい気持ちでいっぱいだ。

「ふふふっ。受験勉強も終わって、時間もたっぷりあるから遊び放題！　あ、ジョーロ君！私、今度は旅行に行ってみたい！　もちろん、お泊りのお旅行だよ！」

嬉《うれ》しそうにコスモスノートを次々とめくっていくコスモス。そこに書いてある内容は、見ずとも容易《たやす》く想像ができた。そういや、夏休みにみんなで海まで遠出したが日帰りだったな。泊りがけでいったのは、こいつが勝手についてきた修学旅行くらいか。

「あとはぁ～、ジョーロ君のお父さんに会ったことがないからご挨拶をしたりぃ～、卒業してもみんなにお勉強を教えたりぃ～、ふふふ、チェリーさんみたいにアルバイトを始めてみるのもいいかもしれないなぁ～！」

ずっと卒業を嫌がっていたコスモスが、今はこうして未来への希望に満《み》ち溢《あふ》れている様子を見ると、それだけで嬉《うれ》しくなってくる。

そうだよな、こいつは自分が年上だからと誰よりもしっかり者を演じていただけで、本当はそんな奴《やつ》じゃないんだ。

甘えん坊で少しおっちょこちょいな普通の女の子。それが、秋野《あきの》桜《さくら》だ。

「ふふふっ。もちろん、ジョーロ君と二人でお出かけもまたするつもりだからね！　君に、私の大切なものをプレゼントしたわけだし！」

「……ち」

テスト休み、コスモスと二人で過ごした日。こいつは、とんでもないことを俺にやらかした。

あの件は、もちろん誰にも話していないが、事実が覆《くつがえ》ることはない。

問答無用で押し付けられたプレゼントの感触は、今でもまだよく覚えている。

「ごめんね、いつも迷惑をかけてしまって」

「気にすんなよ、桜《さくら》が迷惑をかけるのはいつものことだ」

「そうだね……。君にだけは、いつものことだ」

コスモスはいつもみんなを引っ張ってくれているが、俺にだけは迷惑をかけてくる。

普通に考えたら、嫌なことなのかもしれない。だけど、俺は自分にだけ本当のコスモスを見せてくれているようで、その迷惑が嬉《うれ》しかった。

「だから俺も、繚乱祭《りょうらんさい》のイルミネーション事件の時は桜《さくら》のそばにいようとしたしな」

「え？　ど、どういうことだい？」

突然ふられた話題の意味が理解できなかったのか、コスモスが不安と期待の入り混じった瞳で俺をじっと見つめてくる。

「繚乱祭《りょうらんさい》でイルミネーションがなくなる事件があっただろ？　コスモスがパンジーにひまわ

りへの伝言を頼んで、パンジーがひまわりにその伝言を伝えて、ひまわりがイルミネーションを片付けちまったやつがさ」

「あ、ああ……。そうだね……。あまり、いい思い出ではないけど……」

だろうな。最終的に、山田《やまだ》さんの協力のおかげでどうにかなったが、それでもあれはいい思い出とは呼べない出来事だ。

「あの時、俺はあすなろと一緒に事件を調べててさ、真相に気づいた時にどうするか考えたんだ。『このまま事実を黙っておくか』『事実を全て伝えるか』、どっちにするかをさ」

事実を黙っていたら犯人はひまわりになり、事実を全て伝えたら犯人がコスモスになる。

その二択を与えられた俺は、

「最初に俺は、『事実を全て伝える』べきだと考えたんだ」

「そ、そうだったんだね……」

どこか寂寥感《せきりょうかん》のある声が、生徒会室に小さく響いた。

「ああ。それで事実を全て伝えた後、俺はどんなことがあっても絶対に桜《さくら》のそばを離れないでいようとしたんだよ」

「え！　わ、私のそばに……」

「当たり前だろ。イルミネーションをなくした犯人にされるんだ。そんな泥を桜《さくら》だけにかぶせるわけにはいかねぇ。だから、俺も一緒に泥をかぶるつもりだった」

「あ、ありがとう……。嬉《うれ》しいよ」

コスモスの頬が朱色に染まり、わずかに体が小さくなっている。

あの時の事件は、偶然に偶然が重なって起きた悲劇だった。みんながしたほんの少しの失敗が入り組んで、最悪の事態を引き起こしちまっただけだ。

だけど、あの時に一番大きな失敗をしたのが誰かと聞かれたら……俺だろうな。

「で、でも、どうして私なんだい？　どうして、私のそばにいてくれようとしたんだい？」

コスモスが、キュッと机の上のコスモスノートを両手で握りしめた。

「そばにいれば、迷惑はかけ放題だろ？」

「う、うん！　そうだね！　うん、そうだよ！　その通りだよ！」

いくらでも、俺に迷惑をかけていい。コスモスに降りかかる泥は、全部俺も一緒に浴びようと考えていた。誰よりも強く見せて、本当は弱い女の子のそばにいよう。そう決めていたんだ。

「ねぇ、ジョーロ君。これからも、私は君に迷惑をかけても……いいのかい？」

瞳に浮かぶ期待の色。甘く漂う言葉が、俺の体を優しく抱きしめているような感覚だ。

「そうさせようとしたらさ……あすなろに気づかれちまったよ……」

「え？　あ、あすなろさん？　彼女は、何を……」

「俺の『一人だけ特別大好きな女の子』が誰か、あすなろに知られたんだ」

あの時、事件の真相にたどり着いた俺が最初に考えたこと。それは、イルミネーション事件を解決することではなかった。

自分本位で打算的な、たった一人の女の子を守る方法を考えたんだ。

「アイツだけを絶対に守るために、俺は桜《さくら》のそばにいようとした」

「────っ!!」

あぁ、やっちまった……。全部伝えようと思っていたからこそ全部伝えたが、最悪の結果だ。

俺は何をやってんだよ？　なんで、コスモスを期待させるようなことを……

「ち、違うよね、ジョーロ君？　君が私のそばにいようとしたのは……」

狼狽《ろうばい》する瞳、うろたえた声、生徒会長としての面影はどこにもない秋野《あきの》桜《さくら》が立ち上がり、足をふらつかせながらも懸命にそばへと近づいてくる。

だから、俺は……


「コスモスとの思い出は、もう作れない」


最初に響いたのは、何かが床に落ちる音。

それが、コスモスの愛用のノートだと気づけたのは、ほんの少し経《た》ってからだ。

「もう……、俺に迷惑をかけるのはやめてくれ」

終業式前のプリント配りでは言えなかった返事を伝え、俺は一歩後ろへと下がった。

「…………っ！」

まるで電池の切れたおもちゃのように、その場で静止するコスモス。

「…………だ。…………やだ」

「え？」

「いやだぁぁぁぁぁぁぁぁぁぁぁぁぁぁ‼」

「わっ！」

が、再び行動を始めると、全速力で駆け出し俺の胸へと飛び込んできた。

「いやだいやだいやだ‼　わだじは、ジョーロぐんにめいわくをがげだいんだ！　ずっとずっとこれからもずーっと、ジョーロ君に迷惑をかけ続けたいんだ‼」

「は、はなしてくれ！　お、おい！」

「はなすものか！　絶対にはなさない！」

何とか振りほどこうとしたがダメだ。凄《すさ》まじい力で俺を抱きしめていて、とてもじゃないが引きはがせそうにない。

「これがらも、だのじい思い出をたっくさんづぐるって決めてたんだ！　大学生になっても、大人になっても、おばちゃんになっても、おばあちゃんになっても、いっぱいいっぱい！　ジョーロ君と一緒に！　ジョーロ君と二人で、思い出を作りだいんだ！」

「ダメなんだよ！　頼む、分かってくれ！」

「いやだ！　分かるものか！　分かったら、ジョーロ君がいなくなっちゃう！　ジョーロ君がそばにいてくれなくなる！　だから、分からない！　分からない！」

俺の胸に顔をうずめたまま、乱暴に顔を横にふるコスモス。

繊細で柔らかな髪が俺の頬にあたるのが、何よりも辛《つら》かった。

「ジョーロ君も抱きしめてよ！　前みたいに、私を抱きしめてよぅ！　私はジョーロ君に抱きしめてほしいんだ！　ジョーロ君にだけ、抱きしめてほしいんだ！」

「で、できねぇよ！　俺はもうコスモスを──」

「コスモスって呼ばないで！」

顔を上げ、涙でグシャグシャになった顔を俺に向けてコスモスが叫ぶ。

「桜《さくら》！　ジョーロ君に呼ばれたいのは桜《さくら》！　名前で呼ばれたい！　名前でしか呼ばれたくない！　いつか、私も君を名前で呼びたい！　ずっとドキドキして呼べなかった！　いつか呼びたいってずっと思ってた！　雨露《あまつゆ》君って！　なのに、どうして呼ばせてくれる前に終わっちゃうんだ！　そんなのいやだ！　そんなの、いやだぁぁぁぁ!!」

中途半端《ちゅうとはんぱ》な言葉が通じないことは分かっていた。真《ま》っ直《す》ぐな言葉しか響かないのも分かっていた。だが、それでもまだ、俺はコスモスの気持ちを侮《あなど》っていた。

だからこそ……、

「俺が好きなのは、アイツなんだ！」

確実に止められる、残酷な言葉を言わなければいけない。

「……っ！」

心のどこかで、何かがひび割れる音が聞こえた気がした。

「アイツが大好きなんだよ！　アイツのことが一番大好きなんだよ！　コスモスじゃねぇんだ！　俺はアイツが大好きなんだ！　アイツのそばにいたいんだ！」

ひびがドンドン広がっていき、粉々に砕け散る。言葉の度に、そんな感覚が走る。

「～～～っ‼」

せっかくの綺麗なコスモスの顔が台無しだ。耳まで真っ赤にして、どこもかしこもグチャグチャで……こんなコスモスを見たくない。だけど、それでも真《ま》っ直《す》ぐに見るしかない。

「頼むよ、コスモス。……俺を、アイツの所に行かせてくれ……」

僅かな希望も残してはいけない。残したら、コスモスが間違った道に進んでしまうから。

「……ぎみは、残酷で無神経だ……」

言葉が、俺の胸に深く突き刺さった。

「どうしてだよぅ……。もっと早く……君と初めてお出かけした日に、この気持ちを持てていたら……持てていたら……っ！」

一学期から始まった、様々な事件の始まり。それは、コスモスだ。

あの日、スマートフォンが壊れたから買い直すとコスモスと二人で出かけた日から、俺達《たち》の物語は始まったんだ。だけど、もしもコスモスがあの時、俺に対して別の言葉を言っていたら、もしも別の感情を抱いていたら、もしかしたら……

――ま、今後も遠慮せず迷惑をかけてくれよな、桜《さくら》。

――い、いいのかい？　本当に、これからも迷惑をかけていいのかい？

――当たり前だろ。俺が好きなのは、てめぇなんだからな。

何とか余裕を見せようと引きつった笑みを浮かべる俺、そんな俺の状態にまるで気づかずに感情のままに俺の胸へと飛び込んでくるコスモス。そのまま、唇を……。

そんな光景が、ほんの一瞬だけ脳裏に浮かぶが、

「変わらねぇんだ……。過去は、変わらねぇんだよ」

すぐさま、黒く染められていった。

「…………」

気がつくと、コスモスの全身からは力が抜けていて、まるですり抜けるようにコスモスが俺の体を解放していた。すでに立っている力も残されていないのだろう。

コスモスは、床に弱々しく座り込んでいた。

「そうだね。その通りだよ……」

いつも美味《うま》い飯を作ってくれるコスモス、俺達《たち》を引っ張ってくれる頼れるコスモス、乙女チックで危なっかしいコスモス。こいつと俺が一緒に過ごせるのは、今この時まで。

そして、その時間はもう……終わりを迎えていた。

「一つ……、一つだけ……、教えてほしい」

顔をうつむかせたまま、コスモスが小さくそう言った。

「……な、何をだ？」

「変わらない過去のことを、教えてほしいんだ」

弱々しく顔を上げるコスモス。涙でグチャグチャなのに、本当はそんな表情をできるわけがないのに、精一杯優しい笑顔を浮かべて俺を見つめてきているんだ。

「君が……、如月雨露《きさらぎあまつゆ》君が、西木蔦《にしきづた》高校で最初に好きになった人は誰なんだい？」

「…………」

「嘘をついてくれてもいい。ただ、君の口から聞かせてほしいんだ」

こんな悲しい笑顔に、嘘なんてごまかしができるわけがない。

今から俺が告げる言葉で、コスモスがどう感じるかなんて分からない。

それでも、ちゃんと本当のことを伝えよう。

「いつもは大人ぶった態度で生徒会長なんてやってるが、本当はガキくせぇ、それでいてほっとけない女の子…………秋野《あきの》桜《さくら》だよ」

一年生の……鈍感純情ＢＯＹを演じていた俺は、コスモスに近づくために必死だった。

だから、二学期になって生徒会のメンバーになれた時は飛び上がるほど嬉《うれ》しかった。

これで、コスモスと一緒に過ごせる時間ができる。もっとコスモスのことを知れるって。なんで喜んだかなんて、答えは一つだ。

「大好きだったよ。……コスモスが」

「そうか。そうだったんだね……」

よろよろと立ち上がり、床に落ちたノートを拾うコスモス。

そのノートをギュッと抱きしめながら、静かに涙を流している。

これ以上、俺はコスモスに何ができるだろう？　俺はコスモスに何を言えばいいだろう？

「なぁ、コスモ――」

「うん！　それが聞ければ、満足だ！　ふふっ！　すまなかったね、ジョーロ君。最後の最後で、こんな情けない姿を見せてしまって。……でも、私は大丈夫さ！」

何一つ、言いたいことを思いつかないままに言葉を発しようとした俺を遮る優しさ。

最後の最後で、何とかいつもの凛々《りり》しさを保とうとしている姿の裏にある、泣きじゃくる少女の姿が、俺には見えてしまった。それでも、コスモスが俺に見せたい姿がそっちじゃない以上、俺は目の前のコスモスを見るべきなのだろう。

「ちなみに、もしその時に君が私へ気持ちを伝えていたとしても、残念ながらその気持ちに応えることはできなかったよ！　だから、君は私にフラれたということになるのだろうね！」

「俺は、フラれちまったか……」

「そうさ！　過去は変わらない！　もし変わったとしても、君はフラれているのさ！」

思わず、苦笑がこぼれてしまった。

だろうな。仮にあの時俺がコスモスに告白をしても、その気持ちは届かなかっただろう。

——コスモス先輩、僕と付き合って下さい！

——すまない。私は、君の気持ちには応えることができないよ。

——んなっ！　ま、マジですかい⁉

必死に鈍感純情BOYを装《よそお》いながら、「これはいける！」と思って告白をする俺。だけど、コスモスの返事は予想外のもので、俺は本性を隠すことができなくなり、無様な姿をさらす。

その光景は、不思議と黒く塗りつぶされず、俺の頭に残っていた。

「でも、今回はそうなりたくないだろう？　だから、君はこれ以上私のことは気にしないで、彼女のもとへ向かうといい！」

背筋を伸ばし、真《ま》っ直《す》ぐにコスモスを見つめて俺は伝える。

罪悪感に浸って情けない姿なんて見せるわけにはいかない。コスモスは気持ちを俺へぶつけ、俺もまたコスモスへ気持ちをぶつけたのだから。

「沢山の思い出をありがとう、コスモス」

「沢山の思い出をありがとう、ジョーロ君」

相手の言葉を反復するコスモスの癖、その中に『お互いに、とびっきりの笑顔で終わりにしよう』というメッセージがこもっているような気がした。

「さぁ、早く行くんだ！　私が何を言っても、もうここに戻って来てはいけないし、振り返ってもいけないよ！　私は、未来に向かって進んでいくからね！　だから、君も未来に向かって進むんだ！　さぁさぁ！　さぁさぁさぁ！」

元気なコスモスの言葉に、俺は静かに頷《うなず》き背中を向ける。後ろから聞こえる「さぁさぁ」というコスモスの声に背中を押されながら、俺は生徒会室のドアを開き、外へと踏み出した。

「……あっ！　やっぱり待っ……たなくていい！　振り向かないで！」

最後に顔を出した少女を押し込めて、生徒会長としてのコスモスが叫ぶ。

だから、俺は振り返らない。俺が最後に見たコスモスはとびっきりの笑顔。コスモスが最後に見た俺はとびっきりの笑顔。今の顔は、お互いに見せるべきじゃないんだ。

生徒会室から外に出ると、これ以上コスモスを傷つけないよう、静かに優しくドアを閉めた。

そして歩き始めると……、生徒会室からは少女の声が響いていた。

※

これで、ほぼ全ての約束は果たした。

だが、あと一つ……あと一つだけ残っている約束がある。

俺は、そいつを果たすために再び屋外へと出て、とある場所へと向かっていた。

その場所は……

「願いはし終わったか？」

ナリツキだ。

「願いはし終わったかと聞いているのだが？」

そこに立つ少女は、俺に気づいていないのか、はたまた意図的に無視をしていたのか、問いかけに全く反応しなかった。だが、二度目に聞いたら小さく首を縦に振る。

どうやら、願いは終わったらしい。

いったいどんな願いをしたのか尋ねたい気持ちもあったが、それはいいだろう。

何をしにここに来た。少女が俺に問いかけた。

「俺も願いを一つしようと思ってな」

願いごとなんてあるの？　少女は俺に更なる問いかけをする。

「思春期真っただ中の高校二年生だぞ？　叶《かな》えたい願いなんて山のようにある」

叶《かな》わない願いもあるのよ。少女が俺に言った。

分かっているさ、叶《かな》えられない願いがあることは。本当は誰も傷つけたくなかった。みんなと笑っていたかった。ずっとこの時間が続けばいいと思っていた。

だけど、その願いはたとえナリツキに願っても、決して叶《かな》うことのない願いだろう。

だから、俺は三学期から図書室に行かない。俺がいると、みんなが図書室に来られなくなるから。俺がいると、みんなが傷ついてしまうから。

ホースとつきみ。二人がそろっている図書室には行きたくない。唐菖蒲《とうしょうぶ》で何度も聞いた言葉だ。それと同じことを西木蔦《にしきづた》で起こさないためにも、俺は少女と図書室にいてはいけない。

これが、あの日ホースのとろうとして止められた最低の方法。が、俺の場合は止められない。仕方ねぇよな。下位互換の俺には、それしかできねぇんだから。

「だからこそ、叶《かな》える努力を全力でするつもりだ」

どれだけ努力をしても、叶《かな》えられる願いは一つだけ。少女の言葉が胸に刺さる。

「いいんだよ、その一つが一番重要なんだからな」

山ほどある願いの中で、たった一つだけ叶《かな》えられるとしたら、俺はこれしか選ばない。

叶《かな》う確信なんてあるわけがない。たとえ成功率が99％だとしても、残りの1％を恐れるのが俺なんだ。だから、その1％を打ち消すために俺はガムシャラに行動をする。

いきなり何をするの？　少女は俺のとった行動に少し驚いているようだ。

体が一瞬、激しく震えた。だが、俺は返事をしない。

その質問に答えるよりも先に、ナリツキへ願うことがあるから。

「図書委員のパンジーと恋人同士にして下さい‼」

少女の体を強く抱きしめながら、強く、強く……誰よりも大きな声で叫ぶ。

「とてもうるさいわ。それに、醜悪な声」

俺の腕の中にいる少女が、いつもの淡々とした調子でそう言った。

「声のクオリティには、それなりに自信があるんだがな」

「自意識過剰な人ね。ところで、なぜ貴方《あなた》はこんなことをしているのかしら？」

いきなり抱きしめられたことに関してのクレームが一つ。しかし、言葉と行動は反比例。

ゆっくりと俺の背中に伝わる感触はパンジーの二本の腕。それが俺の背中を包み込んだ。

「随分と寒いところで長いこと待たせちまったからな。最低限の気づかいだ」

「そうね。寒かったわ……。とてもとても寒かったわ……」

もっと自分を温めろ。そう言わんばかりに俺を抱きしめる力を強める。

鼻先にサラサラとした髪が当たり、和やかな香りが鼻孔をくすぐった。

「なぁ、パンジー」

「何かしら、ジョーロ君？」

言うべきことは言った。だが、その答えを俺は手に入れていない。

本当は素直にこう聞きたい。「お前は俺のことが好きか？」「俺の恋人になってくれるのか？」。だが、情けないことに俺の勇気は、ついさっきの願いで使い果たしてしまった。

だから、俺は、

「願いは、叶《かな》いそうか？」

中途半端《ちゅうとはんぱ》でいくじなしの質問を投げかけてしまうのだ。

「もちろん」

たった四文字なのに、まるで分厚い本を百冊以上集めたような言葉だ。

ずっと聞きたかった。ずっと聞きたかった言葉をやっと聞くことができた……。

「ふふふ……。ジョーロ君は、パンジーのことが大好きなのね。仕方のない人」

「てめぇだって、似たようなもんだろ」

「……そうね。その通りよ。パンジーは、ジョーロ君のことが大好きなの」

あぁ、うまくいかねぇな。こういう時、どんな話をすればいいか分からねぇよ。

とにかく思いついたことを片っ端から伝えて、意思の疎通を図る。それが俺の精一杯だ。

「ジョーロ君は、三学期から西木蔦《にしきづた》の図書室に来なくなるのよね？」

「ああ。俺がいると、みんなが来れなくなる。だから、俺は行かない」

「……分かったわ。本当はすごく嫌だけど……分かったわ……」

俺の申し出を、少女は静かに受け入れてくれた。

「三学期になったら、もう絶対に西木蔦《にしきづた》高校の図書室に来ちゃダメ」

「そうするよ」

ほんの少しだけ顔を上げ、わずかに潤んだ瞳を俺に向け、

「だって、ジョーロ君はパンジーの恋人ですもの」

優しく俺を抱きしめて、三色院菫子《さんしよくいんすみれこ》はそう言った。

続き

エピローグ

「……今日だけは、な」

クリスマス・イヴ。商店街で、口から洩《も》れる白い息と共に罪悪感を吐き出すと、俺はアイツのことだけを頭に浮かべながら、再び歩を進めていった。

「ほんと、アイツはわけのわからねぇことが多いやつだよ……」

十二月二十二日の終業式、俺はアイツと恋人になった。だが、それでアイツの全てが分かったわけではない。むしろ、まだ分からないことだらけだ。

ここ最近で特に妙だと思ったのは、やはり唐菖蒲《とうしょうぶ》高校の図書室の件だろう。

あの日、初めは乗り気ではなかった俺に対して、アイツはこう言ったのだ。

『修学旅行の約束を使わせてもらうわ』

なぜ、あそこでアイツが『自分と二人きりで過ごす時間』という、たった一度だけ確実に俺を従わせる約束を使ったかは分からない。

そもそも、唐菖蒲《とうしょうぶ》高校に行った時点で二人きりじゃねぇだろうに。ただ、他の西木蔦《にしきづた》のメンバーもその約束を理解してか、あの日は一度も俺に話しかけてこなかった。

結果として、ホースとチェリーの仲は改善し、唐菖蒲《とうしょうぶ》の図書室の問題は解決したからよかったのだが、それで全ての問題が解決されたとは思えないのが悩ましいところだ。

まだ、アイツには何かがある。不思議と、そんな予感がしていた。

……けど、それで構わないさ。俺とアイツの絆《きずな》は残っている。

だから、三学期にでも、アイツが抱えている問題ってやつを解決していけばいい。

かっこつけた台詞《せりふ》だけどよ、それが恋人の務めってやつだろ？

ただ、

「昨日で、最後なんだろうな……」

三学期になったら、俺は図書室に行かない。だから、最後に一度だけ俺はそこに行った。

それが昨日。図書室に対して未練があったというのもあるが、できる限りアイツと一緒に過ごしていたかったからだ。ほんと、大変だったよ。

返却期限を過ぎた本を探すため、色んな奴《やつ》に確認をしに行ってさ。しかも、その途中でまさかの姉ちゃんと遭遇することにもなるし。まぁ、姉弟喧嘩《きょうだいげんか》で初めて勝てたのは嬉《うれ》しかったけど。

しかも、そんだけ苦労したと思ったら、結局借りてたのはアイツだったたっていうな！

また俺は、アイツの手の平の上で踊らされたってわけだ。

でも……、それでいい。俺は、きっとこれからもアイツに振り回される。

何を考えてるか分からねぇ、妙な女の我侭《わがまま》に付き合わされ続けるんだろう。

だけど、それが嫌じゃない。むしろ、楽しみですらある。だから、早く会いに行こう。

「ちゃんと一日で読んだんだからな」

昨日の図書室でアイツから借りた『双花《ふたば》の恋物語《こいものがたり》』は読み終わった。

まずはその感想を、俺の一人だけ特別大好きな女の子に伝えてやらないとな。


「……しくじった」

やっべぇ……。やっちまったぞ……。

待ち合わせ場所の駅前の時計台に到着する直前、俺は自分の大きな失敗に気づいた。

待ち合わせ時間は午後五時ちょうど。なのに、午後四時五十五分に到着しちまった。

いつもアイツとの待ち合わせは、絶対に時間通りに来てたってのに、今日に限ってどうして
……気がはやったからだ。くそ。

「いや、慌てるな……」

僅かに身を隠しながら時計台を確認すると、アイツの姿はない。

だから、待ち合わせ時間ちょうどになるまで、どこかに隠れていれば——

「おわっ！」

願い虚《むな》しく、背中に襲いかかってくる衝撃。

そして、瞳に映ったのは俺の体を抱きしめる二本の腕。……ちっ。もう来てやがったか。

「ふふん。感謝しなさいよ？　わざわざ早めに来てあげたんだから」

背中から感じる柔らかな感触、加えて頭部まで密着させているのか、首筋には生温《なまぬる》い吐息が伝わってくる。……これで、平常心でいろと？　いられるわけがない。

「感謝の前に、何をしているか問いかけたい気持ちでいっぱいなのだが？」

緊張を悟られないよう、冷静さを心掛けて発言。だが、できるのはそこまでだ。

今、振り向いたらまずい。

ついさっきまであんなに寒かったというのに、今は全身が尋常ではない熱を発している。

どうにか気持ちを落ち着けてからじゃないと、自分の顔を見せられない。

「『私の時間の証明』というのが、適しているかもしれないわね」

またわけの分からないことを言い始めやがった……って、んなこと気にするのは後だ。

とにかく、この女が自主的に俺を解放するように仕向けなくては。

「鬱陶しいから離せ」

「やーだよ。ぜったい、はなさないもん」

作戦失敗。むしろ、状況が悪化した。

やけに楽しそうな声で駄々をこねつつ、よりいっそう強く抱きしめてきやがった。

ええい、もう我慢の限界だ！　顔を見られても気合で押し切ってくれるわ！

「いいから、離れろっつうの！」

「まったく。君は、本当に乱暴な人だね。……ふふっ」

よし！　問答無用で腕を振りほどいてやったぞ！　あぁ～！　恥ずかしかった！

ったく、こっちは滅茶苦茶《めちゃくちゃ》苦労したってのに、楽しそうな声を出しやがって……。

まぁ、いい。んじゃ、さっさと振り向くとするか。

……俺の一人だけ特別大好きな女の子の顔を見るために。

すると、そこに立っていたのは――


「久しぶりね。……ジョーロ君」


アイツではなかった。

「は？」

その少女は、どこかで見覚えのある少女だった。

けど、いったいどこでだ？　それに、どうして俺を抱きしめているんだ？

「あら？　もしかして、私のことを忘れてしまったの？　君は相変わらず、記憶力が壊滅的に低いのね。鶏のほうがまだマシじゃない？」

混乱する俺に、容赦のない毒舌がお見舞いされる。

「仕方ないわね。なら、こっちのしゃべり方なら思い出すかしら？」

こっちのしゃべり方？　いったい、どういう意味だ？

「ひ、久しぶりだね。……あの、えと……ジョ、ジョーロ君」

まるで別人になったかのように、少女は弱気なしゃべり方を始めた。

もちろん、口調に合わせて仕草も変わった。オドオドと落ち着きのない仕草へと……。

「て、てめぇは……」

その口調と仕草が、俺の記憶にかかった霧を晴らしていく。

思い出される記憶は、今から二年前のこと。

そうだ、この子は俺の中学時代の同級生だ。

三年間同じクラスで、いつも一緒に……というわけではないが、時折ひまわりとサンちゃんと四人で過ごす時間があった。それに、この子とサンちゃんと三人で遊んだこともある。

格好は、丸眼鏡に片三つ編み。当時から、やけに地味なファッションだと思っていた。

「こ、虹彩寺《こうさいじ》菫《すみれ》だよ……。え、えっと……名前を聞いたら、思い出してくれる、かな？」

そうだ。そんな名前だった……。

だから、俺はこの子を名前の『菫《すみれ》』から、

「ビオラ、だよな？」

そう、呼んでいたんだ。

「ふふっ。ちゃんと思い出してくれてありがとう。これでも思い出さなかったら、コンクリート製の豆腐の角を叩《たた》きつけるところだったわ」

　弱々しい態度から一転、ビオラが再び明るい口調へと切り替わる。

「でも、残念。その答えは不正解」

「どういうことだよ？　てか、てめぇ性格が……」

　中学時代のビオラは、決してこんな奴《やつ》ではなかった。

　つい先程までの、いつも大人しくて、誰かに怯《おび》えているような奴《やつ》だったじゃないか。

　こんな、こんな……アイツみたいな奴《やつ》じゃなかったんだ。

「それを言うなら、君もではないかしら？　中学生の時と比べて、随分乱暴なしゃべり方ね」

「あっ！　いや、これには色々と事情があって……」

「じょうだん。ふふっ。最初から知っていたから、安心して」

「……は？」

　ビオラが、本当の俺を最初から知っていた？　中学時代に、俺が鈍感純情ＢＯＹを演じていたことを、ビオラは最初から知っていた、だと？

「それで、私のほうだけどね。別に変わったわけではないのよ。最初からこうなの」

「最初から？」

「ええ。中学時代、本当は伝えたかったけど、勇気がなくて伝えられなかった私。もちろん、性格だけじゃなくて他にも伝えたいことがあるんだけど」

いったい、何を言っているんだ？

「いや、ビオラ。悪いんだが、俺は待ち合わせをしてる奴《やつ》がいて――」

「その子なら、もう君の目の前に来ているじゃない？」

違うだろ。俺が待ち合わせをした相手は、俺の恋人はアイツだ。ビオラじゃない。

なのに、どうしてこいつはこんなことを……

「よかったわね、ジョーロ君。中学時代に自分の性格まで偽って、女の子に好かれようとした君の努力はしっかりと報われたわ。だって、君の目の前にはこんな素敵な子がいるのですもの」

「は？　えっと、その、だな……」

「少し待っていてね。今、教えてあげるから」

言葉と同時にビオラが行ったのは、中学時代にずっとつけていた丸眼鏡を取り外すこと。

さらに続いて、片三つ編みをほどき始めた。

「本当の私を、貴方《あなた》に見せてあげる」

おい、やめてくれよ……。なんで、お前がそんなことをするんだ？

それをいつもやっているのは……

「……っ！」

「どう、かしら？　結構自信があるんだけど？」

目の前に映し出された光景に、俺は間抜けな顔で口をあんぐりと開けてしまった。

頬を朱色に染め、恥じらいを映し出すそいつ。

丸眼鏡を外し、片三つ編みを解いたそいつは、とんでもなく美人の女の子だった。

「これが、ジョーロ君に伝えたかったことの一つ。外見至上の君は大喜びでしょ？」

嬉《うれ》しいか嬉《うれ》しくないかで聞かれたら、もちろん嬉《うれ》しい。ビオラが、実はこんな美人だなんて知らなかったからだ。だけど、それ以上に勝る感情は混乱。

なぜ、こいつがここにいる？　なぜ、アイツがどこにもいない？

「いや、ビオラ。そうじゃなくて――」

「違うわ。私は、ビオラじゃない。私は……」

混乱する俺の言葉を止め、真の姿になったビオラがその長い人差し指を俺の口元に添える。

そして、妖艶《ようえん》な笑みを浮かべたまま、俺の頬へ柔らかい唇を当てると、

「パンジーよ」


俺の思考を完全に停止させる言葉を、耳元でささやいた。

ここからは、私の時間。歪《いびつ》な毒を持つ、私の時間。
だから、『彼』と私と『彼女』の話をする前に、まずは私の紹介をさせてもらおう。
少し進めば『彼』と『彼女』も出てくるから、付き合ってもらえるかな？

私が好きなのは君だけ

第0章

外見が優れた人間は損が多い。

それが、私――虹彩寺《こうさいじ》菫《すみれ》が十二年間の短い人生で学んだことだ。

小学校で高学年になり、体が徐々に『女』へと変化していく最中、私は否応なしに自分の外見が他人よりも優れていることを自覚させられた。

きっかけは、ある男子生徒の行動。その日、私は担任の先生からクラスの宿題を集めるように指示を出された。中々に面倒な仕事だ。男子も女子も、仲良しメンバーと集まって話していたり、トランプをしたりと自由に過ごしている。あの輪の中に割り込んで「宿題を渡してほしい」というのは骨が折れることだ。だけど、任命された以上は仕方がない。

いつも私に宿題集めをやらせるな、ポンコツ教師。内心で、担任の先生へ毒を吐く。

片付けるなら、一番面倒な相手からに限る。まずは、クラスでも目立っている女子グループの宿題から集めよう。そう考え、彼女達《たち》に近づこうとした瞬間、私の日常の変化が始まった。

「なぁ、国語の宿題を渡してもらえるか？　今、虹彩寺《こうさいじ》が集めてるんだ」

一人の男子生徒が、私が声をかけようとしていた女子グループの所へ向かってそう言った。

「あ、うん」

「オッケー」

「はい。これでしょ？」

「おう！　サンキューな！」

その男子生徒はサッカーが得意なクラスの人気者。そんな人に言われたものだから、女子生徒達《たち》はスムーズに宿題を差し出した。純粋にありがたいと思うと同時に、私は疑問を持った。

なぜ、彼はこんなことをしているのだろう？

「ほら、虹彩寺《こうさいじ》。集めておいたぞ」

達成感と期待の溢《あふ》れる態度で、集めた宿題を私に手渡す男子生徒。元来、疑問を解決せずにはいられない性格の私は、素直に尋ねた。

――どうして、手伝ってくれたの？

「虹彩寺《こうさいじ》が困ってたからさ」

違う。嘘だ。彼の言葉が虚偽であることが私には瞬時に見抜けた。

以前から、担任の先生がクラスの誰かに宿題を集めるように指示を出すことは、時折あった。その際、任命された生徒は、ちょうど先程の私のようなうんざりしたため息を吐きながら、一人で宿題を集めている。誰も手伝うことなんてしなかった。

にもかかわらず、彼は私の時だけ手伝った。しかも、自主的に。

「これからも、困ってる時はいつでも俺に相談しろよ」

何を言っているのだろう？　そもそも、私は困ってなどいなかった。ただ、面倒だと思っていただけだ。妙な違和感と、得も知れない悪寒《おかん》が私に走る。

「ち……。ポイント稼ぎやがって……」

「しゃしゃるなよ。うざってぇ」

少し離れたところから聞こえてきたのは、私ではなく手伝ってくれた男子への小さな罵声。言っているのは別の男子生徒達《たち》だ。

もしかして……いや、考えすぎだ。そんなわけはない。

自分の中に生まれた予感を、私は無理矢理押し込めて考えないふりをした。だから、手伝ってくれた男子生徒へ自分なりに笑顔を作って告げる。

——ありがとう、これからも困った時は頼らせてもらうね。

「ああ！　任せておけよ！」

恐らく彼の期待している言葉を、私は伝えられたのだろう。年相応の弾《はじ》けた笑顔を浮かべて、男子生徒はそこからも私の宿題集めを手伝ってくれた。

……この日を皮切りに、私を取り巻く環境は徐々に変化していった。

まず、男子生徒に話しかけられる回数が以前と比べて格段に増えた。取り留めもない会話からやけに真剣な話まで、とにかく様々な種類の会話をだ。ただ、その会話の中で全てにおいて共通するのは、男子生徒が私を『弱者』として扱うこと。

「辛《つら》いことがあったら、すぐ相談しろ」「困ってたら助けてやる」「絶対に俺はお前の味方だ」

意味が分からない。辛《つら》いことや困っていることがまったくないとは言えないが、今まで私はそれらを全て自分の力で解決してきた。なぜ、自分の力で解決できることを他人に頼らなければならないのだろう？　頼らせようとしてくるのだろう？

すでに答えは出ているのだが、事実を認めたくなかった私は、自分に疑問を呈することで嘘をつく。だが、その嘘は薄氷。次なる変化が、私に問答無用で事実を突きつけてくる。

「虹彩寺《こうさいじ》。あんたさ、お姫様にでもなったつもり？」

体育の着替えの時間。教室に女子生徒しかいなくなった瞬間、私が言われた言葉だ。それも一人から言われたのではない。五人の女子に囲まれて、威圧されるように言われた。

しかも、クラスでリーダー格の女子グループときたものだから最悪だ。

――そんなつもりはないわ。

私は事実を告げる。

「だったら、男子を道具みたいに使うのやめたら？　かわいそうじゃん」

道具みたいに使う？　かわいそう？　彼女達《たち》は何を言っているのだろう？

――私は何も言ってないわ。あの人達《たち》が餌をねだる猿みたいな顔で勝手にやっているだけよ。やめたければ、今すぐにでもやめてもらってかまわないわ。

我慢しろと自分に言い聞かせたが、無理だった。苛立《いらだ》ちのままに、私は毒を吐く。

「そういうところが、お姫様気分っていうんだよ。マジ、このまま調子に乗り続けるんだったら、こっちも黙ってないから」

はらわたが煮えくり返った。特にお姫様という言葉が、私の苛立《いらだ》ちを最高潮に引き上げる。お姫様……王子様に守ってもらう存在。まるで、『弱者』を象徴するような言葉だ。

私は断じてお姫様ではない。そんな人間になってたまるか。

——分かったわ……。

だけど、私の抵抗はここまで。

思いのたけを告げても、彼女達《たち》には理解されない。初めから全てを決めつけている以上、私が何を言っても無駄だったのだ。事実を告げても信じてもらえないことはある、私は学んだ。

しかし、それ以上にまずいのはこの状況だ。だから、解決をしよう。

何をすればいいかは分かっている。

彼女達《たち》は、私が男子生徒に助けられているのが、チヤホヤされているのが気に喰《く》わないのだ。だから、それをなくせばいいだけ。私はすぐに行動に移した。

体育の授業が始まると、ちょうどよく一人の男子生徒が私に近づいてきた。クラスで人気者の……以前、私の宿題集めを手伝ってくれたサッカーが得意な男子生徒だ。彼に告げた。

——もう、私を手伝わなくていいわ。

これで問題は解決する。そう思ったのだが……

「どうした？　菫《すみれ》、何か困ってることがあるのか？」

めまいがした。私を困らせている元凶が、妙な使命感をたずさえてこんなことを言うのだ。

いつの間に、私は彼から名前を呼ばれるような仲になったのだろう？　そんな記憶はない。

さらに厄介なのが、周囲で聞き耳を立てていた男子生徒達《たち》。彼らは、私が一人になる時を見計らって近づき、こう言うのだ。

「誰にも言えない悩みがあるなら、俺に言えよ、菫《すみれ》」

いちいち名前で呼ぶな、気持ち悪い。私が持ちえた感情はそれだけ。

自主的な手伝いを止める。それだけの簡単なことだと思っていたが、大間違いだった。結局、私が何を告げても彼らが止まることはない。語気を強めて「やめろ」と言ってもダメだ。

言われた張本人は引き下がるのだが、すぐさま別の男がやってきて「何があった？」なんて見当違いの言葉を吐いてくる。何があった？　お前が近づいてきたんだ。そう怒鳴り散らしてやりたかった。無駄だと理解していたので、すんでのところでこらえたが。

なぜ、私の言葉は彼らに響かないのだろう？　理由は、すぐに分かった。

彼らにとって、私はお姫様。守るべき対象の言葉は響かない。

いよいよ、自覚しないふりをしていた事実を、自覚せざるを得なくなった時がきたのだ。

私は、他人よりも外見が優れている。

だから、男子生徒に好かれ、付随的に女子生徒から妬まれることになったのだ。

そして、その環境が私を歪《いびつ》に変化させる。以前からその兆候はあったが、私は苛立《いらだ》ちのままに毒を吐くようになった。それが、より一層私を孤立させていく。

孤立により学んだのは、努力で得たものであれ、才能で得たものであれ、突出した能力は妬みの対象となること。

自分もそうだが、以前から私によく話しかけてくるサッカーが得意な男子は、他の男子から「あいつはサッカーが上手《うま》いからって調子に乗ってる」「サッカー以外は大したことがない」と、陰口を叩《たた》かれていた。

彼らは、彼が陰でしている努力は評価せずに、その能力だけを見て他を蹴落とすのだ。

もちろん、本人もそのことを知っていて、自分の陰口が耳に入った時はどこか困った笑顔を浮かべていた。

ほんの一瞬宿った同情という気持ちは、彼からの「俺達《たち》、似てるな」という言葉で即座に霧散した。彼は、その妬みすらも私に好かれるために利用するしたたかな男だったようだ。

もし、彼の目論見《もくろみ》に気づかなければ、彼のことを好んでいたかもしれない。優れた者同士が恋愛関係になるのは、このような妬みが原因なのかもなと、どこか俯瞰的《ふかんてき》な思いで考えた。

ともあれ、彼のことはもういい。問題は私を取り巻く環境だ。

現状の問題は二つ。『男子生徒との不必要な会話』と『女子生徒からの妬み』。

せめて、どちらかは解決したい。……そこで、私は本を読むことにした。ことあるごとに私へ語り掛けてくる男子生徒達《たち》も、私が本に集中している時は話しかけてこない。

デメリットとして女子生徒からの「お高くとまっている」「頭が良《い》いと思わせたいわけ？」という見当違いの罵声を浴びせられることになったが些細《ささい》なことだ。

現状の問題が一つ解消されるだけでも、十分にやる価値はある。だから、私は本を読み続けた。必要以上に、図書室へ通うようになった。

これで、完全とは言えないが一つ目の問題は解消。次は、二つ目の問題だ。

女子生徒達《たち》は私に嫌味を言う際に、外見以外の能力を罵倒する傾向が強い。だからこそ、身につけるべきは他の能力。私は、以前よりも勉強に精を出すようにした。

以前、私のテストの結果が優れない時、「しょせん顔だけじゃん」と、自分よりもテストの点数が低い女に言われた時は、そのふざけた顔をひっぱたいてやりたくなった。

あの、形容しがたい気持ちを二度と味わわないためにも勉強をしよう。

努力をした。家では食事以外の時間を全て勉強に費やし、睡眠時間を削った。「どうして、私だけがこんなことをしなくてはいけないの？」と心が問いかけてきた。「外見が優れているからだ」。心にそう返事をした。

見たいテレビも、読みたい本も、家族と過ごす時間も、全てを犠牲にしてただ闇雲に勉強をした。二度とあいつらにバカにされないため、あいつらに貶《おとし》められないために、あいつらにお姫様と呼ばれないために……。

結果として、私は学年でトップの成績を収めるようになった。が、この作戦は失敗だった。

他人を貶《けな》したい人間というのは、とにかく相手の弱いところだけを探す。

そして、弱いところがない時は、無理矢理にでも作り出す。だから、外見と勉強が優れている場合は運動を。運動も優れている場合は性格を。性格も優れている場合は些細《ささい》な振る舞いを。

とにかく、何が何でも私を貶《おとし》めようとしてくるのだ。

作戦自体は失敗したが、いいことが学べた。私を妬む女達《たち》は、成績が優秀になった私に対して「あいつは、性格が悪い」、「すぐ他人をバカにする」という嫌味を頻繁に口にするようになった。つまり、狙われたのは性格。なるほど、この毒を吐く性格には問題があるようだ。

しかし、今さら急に性格を変えるのは難しい。ここで、私は『女子生徒からの嫌味』という問題を解決するのを諦めた。死に物狂いの努力が結果を実らせなかったことは、私の心を折りかけたが、すんでのところで堪えた。私は、努力をやめなかったのだ。

たとえ、どれだけ周りから貶《おとし》められようとも、能力として優れているのは自分だというプライドを維持しなければ、精神を保っていられなかったからだ。

今思うと、自分では真《ま》っ直《す》ぐに育ってきたつもりだったが、この時点で私は大きく歪《ゆが》んでしまっていたのだろう。だが、その歪《ゆが》みに気づいていない私は、小学校時代に二つの信念を持つことになる。一つ『他人を信じない』、二つ『信じるのは自分の力だけ』。

他人との協調？　バカらしい。そんなことをするのは、『弱者』だけだ。

私は、決してお姫様ではない。『弱者』ではない。生まれつき優れた外見を手に入れてしまった自分は、強制的に『強者』側へ立たされたのだ。

だからこそ、優れた人間でいなくてはならない。強くなくてはならない。そうでないと、『弱者』達《たち》が容赦なく私の足をつかみ、ドブの底へと沈めようとしてくるから。

大丈夫だ……。小学校では解決できないが、中学校にあがれば現状の問題を全て解決する手段は思いついた。だから、今は耐えよう。耐えて耐えて、自分の能力を磨き続けるんだ。

決して、落ちぶれてはいけない。その瞬間、自分は本当の『弱者』になってしまうから。


最悪の小学生時代もあと少しで終わり。

いよいよ、長年準備をしてきた計画を実行する時が近づいてきた。

小学生時代の経験を二度としないための最善の方法、それは問題を未然に防ぐこと。

そのために、私は自分を偽る決意をした。

まず、この目立ちすぎる外見を変えよう。『とにかく地味』ということを念頭におき、髪型をセンスのない片三つ編みに変え、顔には洒落《しゃれ》っ気《け》のない丸眼鏡をつけた。自分でも見栄《みば》えのしないと思う格好をすることには大きな葛藤があったが、小学校時代と同じ経験をするくらいなら、こっちのほうがまだマシだ。この姿なら、誰も私をお姫様だなんて思わないだろう。

次に偽ったのは自らの性格。元来、私は思ったことは必要以上にハッキリ言う、毒を吐く。

このままの性格では、何かあった時に余計な敵を作ってしまうことは、これまでの経験で十分に学ばせてもらった。だから、別の性格にならなくてはならない。

さて、どんな子になろうか？　天真爛漫《てんしんらんまん》な女の子？　知的で落ち着いた女の子？　ちょっと気の強い女の子？　自分なりに練習をしたので、どんな子でも演じられるだろうが、どの子もしっくりこない。もっと目立たない、『強者』になんてまるで見えない子がいい。

だとすると、答えは一つ。私が演じるべきは、『弱者』の女の子だ。

いつもオドオドしていて、人とは必要以上に関わらない。そんな女の子になろう。

勉強に関しては、これまで通り努力を続ける。初めは必要以上の努力をするのが辛《つら》かったが、今となってはもう慣れた。「勉強をしておけば、将来の選択肢が増える」。そんな言葉を聞いたこともあるし、努力を怠る理由はない。だけど、トップだけは取らないこと。

一番上に立つと、下にいる奴《やつ》らが足を引っ張ってくる。だから、中途半端《ちゅうとはんぱ》な位置だ。自分の能力は必要なところで必要な分だけ使えばいいのだから。

そして、最後にこの計画の肝となる準備をしよう。

小学校の卒業まであと二ヶ月というところで、私は両親へ一世一代の願いをした。

引越しをしてほしい。

仮に自分を偽ったとしても、小学校時代の奴《やつ》らが一人でも同じ中学にいたら水泡に帰す。誰も私を知らない環境に身を置かなくてはならないのだから、引っ越しは必要不可欠だ。

両親へ事情を説明すると、私の願いは届き、小学校の卒業と同時に少し離れた地区へと引っ越すことになった。引っ越しにはかなりの費用がかかる。それを、私の個人的な事情にもかかわらず聞き入れてくれた両親には深く感謝をした。私が、唯一信じられる人達《たち》だ。

さぁ、これで準備は万端。

外見も性格も偽った。今までの地獄で、本物の『弱者』は存分に見てきた。『弱者』を演じることも、今の私にとってはたやすいことだ。

これで、中学生になったら静かに過ごすことができる。……だが、決して忘れるな。

『他人を信じない』、『信じるのは自分の力だけ』。

裏の気持ちを徹底的に読んで、相手の本性を確実に見抜け。

そうしないと、いつまたあの地獄が始まるか分からないのだから……。

✿

中学生になった私は、小学校時代の知り合いもいないおかげで、予定通り『弱者』として振る舞い、平穏な毎日を過ごすことに成功していた。

「おっはよー！　しょくん！」

「はぁはぁ……。つ、つかれた……」

朝、教室に響く溌剌《はつらつ》とした声と疲弊した声。

その時点で、誰が教室に入ってきたかはすぐに分かった。日向葵《ひなたあおい》とその幼馴染《おさななじみ》だ。

「よう、お前ら！　今日も朝からかっ飛ばしてるな！」

そんな二人に、誰よりも最初に挨拶をするのは大賀太陽《おおがたいよう》。

暑苦しいともいえる笑顔で、サムズアップを向けている。

「そだよ！　わたしは、朝からかっ飛ばしてるんだよ！　えへへ！」

「みたいだな！　これは、俺も負けていられないぜ！」

集団が誕生すると、自然と中心人物になる者が現れる。このクラスで、その役目を担っているのがこの二人……日向葵《ひなたあおい》と大賀太陽《おおがたいよう》だ。時には、私から見ると大したことのない者がクラスの中心人物になる場合もあったが、彼らに関して言えば、私からしても文句なし。

優れた外見、優れた運動能力、優れた社交性。生まれ持った才能に加えて、努力も怠らない彼らこそが、このクラスの中心人物に相応《ふさわ》しいと言えるだろう。小学生時代には出会えなかった、私以外の『強者』との出会い。彼らの存在は、私にとって様々な意味で僥倖《ぎょうこう》だった。

「おっはよ！　こうちゃん！」

天真爛漫《てんしんらんまん》な笑顔で、日向葵《ひなたあおい》は私の所に駆け寄り、挨拶をしてきた。

別に私と日向葵《ひなたあおい》は、特別仲が良いわけではない。ただ、彼女は一人でいるクラスメートを放っておかない性格をしているので、自然と一人でいる私のところに駆け寄ってきているだけだ。

本当に、優しい女の子だ。

――お、おはよう……、ひま。

自ら作り出した『弱者』の私は日向葵《ひなたあおい》へ挨拶を返す。

日向葵《ひなたあおい》は、クラスでも人気の女子生徒。彼女の人気の理由は、その優れた外見と運動神経、飾らない性格もあるが、そこに加えて『明確な弱点』が存在すること。これが、大きい。

彼女は勉強が苦手だった。そして、困った時に他人を頼る人物だった。だからこそ、自分の苦手な勉強で苦しんでいる時は、素直にクラスの誰かへと助けを求める。

人間とは『強者』を貶《おとし》めたいものだが、それ以上に自分が『強者』側に立ちたいと考える。

クラスで優れた外見と運動能力を持つ日向葵《ひなたあおい》から救いを求められ、彼女を助けたら、それは自分が彼女よりも『強者』側に立っていると、他の奴《やつ》らは考えたのだろう。

故に、日向葵《ひなたあおい》は小学生時代の私のように女子生徒から嫌味を言われることもなく、毎日を楽しそうに過ごしていた。もちろん、彼女自身の天真爛漫《てんしんらんまん》な性格もあってのことだろう。

私も、日向葵《ひなたあおい》という人間が好きだった。彼女の行動には、裏表が一切ないから。感情のままに行動し、嬉《うれ》しい時は笑い、悲しい時は泣き、腹が立った時は怒る。

嘘だらけの自分だからこそ、嘘をつかない彼女に憧れたのだろう。

だからこそ、日向葵《ひなたあおい》と同じクラスになれたのは私にとって大きな幸運。それに、彼女がクラスで目立てば目立つほど、他の女子生徒は目立たなくなる。私の隠《かく》れ蓑《みの》としても最適だ。

ただ、素直な彼女を利用しているような気持ちになって、多少の罪悪感はあったが。

──……ごめんね、ひま。

「う？　どーしたの、こうちゃん？　だいじょぶ！　わたし、元気だよ！」

せめて自分にできることをと、彼女へ謝罪を伝えると天真爛漫《てんしんらんまん》な笑顔が返ってくる。

きっと彼女は、私の謝罪の本当の意味に気づいていないのだろう。……だけど、仮に気づいていたとしても日向葵《ひなたあおい》なら同じ返答が来る気がした。

「ははっ！　虹彩寺《こうさいじ》は相変わらず、本の虫か！　今日は、何を読んでんだ？」

日向葵《ひなたあおい》に続いてやってきたのは、野球が得意な大賀太陽《おおがたいよう》だ。

──え、えっと……『双花《ふたば》の恋物語《こいものがたり》』って本だよ、大賀《おおが》君。

彼の質問に、弱々しい偽物《にせもの》の私で回答をする。

「そっか！　よく分からないけど、面白そうな本だな！」

大賀太陽《おおがたいよう》は、このクラスで私が最も好意的な感情を抱いている男子生徒。

なぜなら、彼は私と同じタイプの人間だから。

大賀太陽《おおがたいよう》は、自分の本来の性格を偽って振る舞っている。入学してクラスで目立つ彼を見ていたら、すぐに見抜くことができた。……彼はあまりにも不自然だったから。

どこか抜けたように振る舞う割りには、時折知的な面ものぞかせる。その歪《いびつ》さが、私に彼の本来の性格を見抜くきっかけを与えてくれた。

本当の大賀太陽《おおがたいよう》は、もっと内向的で大人しく、自己主張が苦手なタイプの人間だ。それでも、今は外向的な人間として振る舞っている理由は十分に予想がつく。

きっと、大賀太陽《おおがたいよう》は小学校時代に私と似たような経験をしているのだろう。

だからこそ、二度とそうならないように自分を偽っている。まさに私と同じだ。

ただ、偽り方は私とは真逆。『強者』から『弱者』へとなった私に対して、大賀太陽《おおがたいよう》は『強者』から『より強者』へと自分を偽っている。

本当は弱い部分もあるのに、それを勇気で覆い隠して強くあろうとする彼の姿勢は、私にはできなかったことなので、尊敬の念すら抱いている。

ただ、抱いている感情はあくまでも『尊敬』と『友情』のみ。恋愛感情には至らない。

仮に抱いたとしても、すでに女子生徒から大人気の大賀太陽《おおがたいよう》の特別な相手に、地味で大人しい私がなれるとは思わないが——などと、つい恋愛について考えてしまったが、そもそも私が異性に恋愛感情を抱ける日なんて来るのだろうか？

外見ばかりを見て、人を勝手に『弱者』扱いする汚い男達《たち》。もちろん、そんな男達《たち》ばかりではないことは分かっている。大賀太陽《おおがたいよう》がそのいい例だ。だけど、彼に対して恋愛感情を持つかと聞かれると首を捻《ひね》ることになる。頭では「素敵な男性」と理解していても、心がついてこないのだ。今までに多くの本を読んできて、その中には恋愛小説も含まれていたが、現実ではまるで作用しないところを鑑《かんが》みると、どうやら『恋愛』というものは小説《フィクション》と現実《ノンフィクション》で大きな違いがあるようだ。ほんの少しだけ、周囲が色めいている中で自分にそういった相手が存在しないことが寂しかったが……今はこれでいい。

私の目標は『静かに過ごすこと』であり、『恋愛』ではないのだ。

そっちに関しては、もう少し成長してからでも十分に間に合うはずだ。

「あー、ところでよ、虹彩寺《こうさいじ》。ちょっといいか？」

大賀《おおが》太陽《たいよう》が、どこか申し訳なさそうな表情で私に語り掛けてきた。

――な、何かな、大賀《おおが》君？

心の中で小さく笑いをこぼす。彼の表情で、何が言いたいかが分かったからだ。

「あのよ、今日、数学の宿題があるだろ？　あれの見せ合いをしたいなーなんて……すまん！　嘘だ！　実は、全然分からなくて困ってる！」

「あっ！　こうちゃん、わたしも！　わたしも宿題、全然できなかったの！」

やっぱりそれか。まったく、ダメなところは本当にダメな人達《たち》だ。だけど、そんな仕草が妙に愛《いと》おしく感じ、私は素直に自分の鞄《かばん》から宿題を記したノートを取り出した。

それに、この時間があるからこそ、私は彼らと話すことができる。

クラスで人気者の二人は、いつも多くの生徒達《たち》とかかわっている。私が自主的にかかわらない限りは、あまり話すことができないのだ。だから、宿題が出た翌日が私は楽しみ。

彼らが、必ず私に『宿題を教えてほしい』と聞いてくれるから。

――ふふっ。いいよ、それじゃあ一緒に勉強しよっか。

性格は偽りながらも、心からの言葉を二人に告げた。

小学生時代から続けていた努力が、こんな形で報われたことに幸せを感じながら。

「助かるぜ！　ありがとな！」

「わぁ〜！　ありがと、こうちゃん！」

両親に頼み込んで引っ越しをさせてもらったのは、大正解だ。小学校時代の知り合いがいないということもあるが、日向《ひなた》葵《あおい》と大賀《おおが》太陽《たいよう》という二人に出会うことができたのだから。

彼らと過ごす時間には、『強者』も『弱者』もいない。みんなが対等でいられる。

小学生時代とは違う、幸せな中学生の時間。

まさに理想郷ともいえる環境へ私はたどり着いたのだ、が……

「あ、あのさ、虹彩寺《こうさいじ》さん……」

現実はそう甘くない。全てが完璧とまではいかなかった。

私にはたった一つ……、たった一つだけ、どうしても気に入らないことがあるのだ。

「よかったら僕も一緒に見せてくれない、かな〜？」

それが、こいつ。如月《きさらぎ》雨露《あまつゆ》だ！

私は、この男が嫌いだ……いや、そんな言葉では生ぬるい。見ているだけで反吐《へど》が出る。

もはや、同じ空気すら吸いたくないから、今すぐこの場で塵《ちり》となってほしい。都合よく、この男の足元にブラジルまで通じる巨大な落とし穴でもできないものかと、日々願っている。

「え、えーっと、虹彩寺《こうさいじ》さん？」

しまった。声をかけられただけで吐き気を催して、返答をおろそかにしていた。

——あ、うん。もちろんだよ……如月《きさらぎ》君。

私の中の毒が荒れ狂う。

キリキリと激しく音を立てる胃の痛みを堪《こら》え、偽りの私で返答をした。

「よかったぁ！　ありがとう！」

その気持ちの悪いヘラヘラした顔を今すぐやめろ、このペテン師。

——ど、どういたし、まし、て……。

腹の奥から溢《あふ》れ出《だ》しそうになる毒を必死に堪え、かろうじて返事をする。

如月雨露《きさらぎあまつゆ》は、私がこのクラス……いや、この学校で最も嫌悪感《けんおかん》を抱いている男子生徒だ。

この男がやっていることは、最低という言葉以外で表現することが私にはできない。

如月雨露《きさらぎあまつゆ》は、私や大賀太陽《おおがたいよう》同様自分を偽っている。だが、決して彼は『強者』ではない。

平凡な外見に平凡な成績、これといった特徴もない典型的な『弱者』が如月雨露《きさらぎあまつゆ》。

にもかかわらず、この男は『より弱者』を演じているのだ。

その目的は単純明快。他人に……いや、主に女子生徒から好かれるためだ。

如月雨露《きさらぎあまつゆ》は、重度の女好き。恐らく、この男は血液の代わりに性欲が流れているのだろう。

しかも、腹が立つのは、如月雨露《きさらぎあまつゆ》がありとあらゆる人物に対していい顔をすること。『弱者』ではあるがしたたかな男だ。滅びればいいのに。

誰に対してもいい顔をする如月雨露《きさらぎあまつゆ》の評判は、自然と周囲へと流布《るふ》されて、こいつは『普通だけどいい人』という称号を、本来の下種《げす》な性格を伏せたまま手に入れた。

私も、危うく騙《だま》されるところだった。だが、小学生時代に磨かれた観察眼のおかげで、如月《きさらぎ》雨露《あまつゆ》の本性を見抜くことができ、知った時は言い知れぬ怒りに震えたものだ。

本来すべき努力は一切せず、嘘をつくことにのみ努力をそそぎ、周囲を騙す男。

自分を守るためでも、高みを目指すためでもなく、ただ性欲のために嘘をつく男。

よりにもよって、私の大嫌いな、お姫様のような存在に男が自らなろうとしているのだ。そんなにお姫様になりたいのなら、まずは去勢しろ、クズが。

こんな男に、誰が好意的な感情を抱けるだろうか？　抱けるはずがない。

だから、できる限りかかわり合いになりたくないのだが、私にとって都合の悪いことに如月《きさらぎ》雨露《あまつゆ》は日向葵《ひなたあおい》の幼馴染《おさななじみ》で、大賀太陽《おおがたいよう》の親友でもある。つまり、この二人とかかわると必然的に如月雨露《きさらぎあまつゆ》ともかかわり合いになってしまうのだ。

「あー、問四の答え、『3』だったんだ！　すごいなぁ、虹彩寺《こうさいじ》さんは！」

薄っぺらい笑顔で、いちいち私を褒めるな。お前が外見の優れた女を好むことはよく知っている。だから、こんな地味な女なんて相手にせず、他の女に興奮していろ。

「ねね、こうちゃん！　なんで、『3』になるの！　分かんないから、教えて！」

「虹彩寺《こうさいじ》！　俺も頼むぜ、教えてくれ！」

——う、うん。いいよ。

クラスの人気者で、普段は滅多にかかわれない日向葵《ひなたあおい》と大賀太陽《おおがたいよう》と、地味な私がかかわれるこの貴重な時間も、如月雨露《きさらぎあまつゆ》の存在が全て台無しにしてしまう。だから、何とかしてこの男だけを排除したい。いったい、どうすればこの産業廃棄物を消滅させられるだろう？

何か決定的なチャンスがあればいいのだが……。

✿

「サンちゃん、お昼ご飯一緒に食べない？」

「おう！　もちろんいいぜ！」

五月。ある日の昼休みに、私の大嫌いなゴミが私の尊敬する大賀太陽《おおがたいよう》を昼食に誘った。

その様子を見ているだけで、私の中の毒が暴れ始める。

「あー、悪いジョーロ！　購買に行くから、少し待ってもらってもいいか？」

「あ、それなら僕も一緒に行くよ。今日、お弁当なくってさ」

「そっか！　なら、熱き昼の戦いで勝利を摑《つか》みに行こうぜ！」

今日もへドロは、下卑た笑みを浮かべながら日常を跋扈《ばっこ》している。

おかげで、私のストレスは蓄積されるばかりだ。

これまでの間に、この生産性のまるでない不要物を処理する方法は考えた。

如月雨露《きさらぎあまつゆ》の本性を大賀太陽《おおがたいよう》と日向葵《ひなたあおい》に伝えるというものだ。だが、確実に私の言葉を信じてもらえる方法までは、まだ考えついていない。

それさえ思いつけば、地球のカスを排除できるというのに……。

しかし……、そもそも大賀太陽《おおがたいよう》は如月雨露《きさらぎあまつゆ》の本性に気づいているのではないか？

彼は愚鈍なように見えて利発な男だ。

だから、気づいていてもおかしくないとは思うのだが……、もしそうだとしたら、なぜ如月《きさらぎ》雨露《あまつゆ》と親友という関係を結べるのだろう？　大賀太陽《おおがたいよう》は、菩薩《ぼさつ》の生まれ変わりなのか？

「あ！　ジョーロ、こーばいにお買い物行くのぉ⁉」

「うん。そうだけど……、どうかしたの？　ひまわり」

今度は日向葵《ひなたあおい》が如月雨露《きさらぎあまつゆ》に語り掛けた。如月雨露《きさらぎあまつゆ》は日向葵《ひなたあおい》と幼馴染《おさななじみ》で、大賀太陽《おおがたいよう》の親友。

包み隠さずに言うが、その地位が非常に羨ましい。

むしろ、あんな社会の塵芥《ちりあくた》にはもったいないから、私が奪い取ってしまいたい。

この嫉妬心も、私が如月雨露《きさらぎあまつゆ》を忌《い》み嫌《きら》う理由の一つなのだろう。

「うん！　どーかしたの！」

「あのね、それならね、クリームパン買ってきて！　わたし、クリームパン食べたい！」

「えー……。自分で買いに行きなよ……」

日向葵《ひなたあおい》は、恐らく如月雨露《きさらぎあまつゆ》の本性に気づいていないだろう。

ただ、彼女の場合は仮に知ったとしても、特に気にしなさそうだ。

そこが彼女の魅力でもあるわけだが、今のケースでは非常に厄介極まりない。

「いいじゃんいいじゃん！　はい！　これ、お金！」

「…………たまにはてめぇで頑張れっつー……うっ！」

「う？　どしたの、ジョーロ？」

「な、なんでもないよ！　えっと……、ひまわりも、たまには自分で頑張りなよ……」

なるほど。今のが如月雨露《きさらぎあまつゆ》の本来の口調か。どうやら、あいつはある一定以上苛立《いらだ》つと、その本性が漏れる傾向にあるみたいだ。これはいい情報を得られた。それなら……

「ぶぅー！　ジョーロのいじわる！　けちんぼ！」

「はは！　なら、仕方ないな！　ひまわり、俺が買ってきてやるよ！」

「ほんと!?　やったぁ！　ありがと、サンちゃん！　じゃ、わたしお席で待ってるね！」

自分の席へ座る日向葵《ひなたあおい》と対照的に、私は立ち上がり大賀太陽《おおがたいよう》と如月雨露《きさらぎあまつゆ》の下へ向かった。

――あ、あの……、如月《きさらぎ》君と大賀《おおが》君。お弁当、持ってきてないの？

「お……、おう！　そうだぜ！　うちは両親が共働きだからな！」

どうしたのだろう？　大賀太陽《おおがたいよう》の態度が少し妙だ。いつもなら、もっとハキハキと答えるのに、今日はやけにぎこちない。何か余計なことを聞いただろうか？

「僕は今日たまたまって感じかな。母さんがちょっとね……まぁ、その、Jな都合で……」

本来であれば、こんな男と話したくはないのだが試してみるチャンスだ。ここで、わざとこの男を怒らせれば、クラスのみんなの前で本性を露《あら》わにするかもしれない。

可能性は低いだろうが、やってみる価値はある。

如月雨露《きさらぎあまつゆ》さえ排除できれば、私の理想郷は完成するのだから。

――そ、そっか……。よく分からないけど、二人とも大変だね。

偽りだらけの言葉で場を繋《つな》ぎ、覚悟を固める。さぁ、如月雨露《きさらぎあまつゆ》を怒らせよう。

私の中の毒を吐き出せば、この男は間違いなく怒る。小学校の頃、無意識にやっていたことを意識してやってやる。

仮に失敗しても、問題はない。地味な女が変なことを言っていると思われるだけ。

ノーリスクハイリターン。やらない理由はない。

――え、えっと……その……こ、購買のお買い物、頑張ってね！　如月《きさらぎ》君、大賀《おおが》君！

が、結局私は何も言えなかった。ほんの一瞬、脳裏をかすめたのは私の中の毒を吐き出したら、日向葵《ひなたあおい》と大賀太陽《おおがたいよう》が私を見限るのではないかという可能性。

如月雨露《きさらぎあまつゆ》にはいくらでも嫌われていい。だけど、日向葵《ひなたあおい》と大賀太陽《おおがたいよう》には嫌われたくない。

中学生になってようやく出会えた、自分と似た人間なんだ。彼らとの絆《きずな》を失いたくない。

さすがに、これはハイリスクすぎる……。

「おう！　任せとけ！」

偽りだらけの私に、大賀《おおが》太陽《たいよう》がいつもの元気に溢《あふ》れる笑顔で応えてくれる。

くそ……。結局、今日も何もできなかったか……。

如月《きさらぎ》雨露《あまつゆ》と大賀《おおが》太陽《たいよう》が教室をあとにしていくのを、私は歯ぎしりをしながら見送った。

✿

少しの時間が経《た》ったある日。

「虹彩寺《こうさいじ》。悪いんだが、そのプリントを職員室まで運んでくれ」

——はい……。分かりました。

教師からの言葉に、私は了承をしつつも内心で深いため息をついた。これは、まずいぞ。

いや、まだ諦めるには早い。できる限り迅速に行動をすれば、滞りなくこなせるはずだ。

私は普段よりも俊敏に立ち上がり、プリントの束を両手で抱える。

そして、廊下へと出て急いで歩き始めたのだが——

「虹彩寺《こうさいじ》さん、手伝うよ」

最悪だ……。背後から聞こえてきた声が、私の目論見を木っ端微塵《こっぱみじん》に打ち砕いた。

当然ながら、声をかけてきたのは如月雨露《きさらぎあまつゆ》。これがあるから、プリント運びは嫌なのだ。

如月雨露《きさらぎあまつゆ》は、私にだけ力を貸すわけではない。こいつは、教師が生徒に頼む面倒な仕事を率先して手伝うのだ。目的は当然、自分の好感度稼ぎのため。

だから、『引き受ける』のではなく『手伝う』。いっそ、お前が全てやれ。

――だ、大丈夫だよ。このくらい、自分で運べるから。

本来の私であればもっと強く断れるが、偽りの私ではこれが限界。こういう時だけは、弱い女の子を演じている自分を呪いたくなる。

「遠慮しない、遠慮しない。一人より二人のほうが楽でしょ？　……よっと」

遠慮なんてしていない。ただ、お前といるのが嫌なだけだ。

性欲と打算に溢《あふ》れた猿が、私の運んでいるプリントを勝手に奪い取った。無害そうな笑顔の裏にある汚らしい笑みを見ているだけで吐き気がする。お姫様扱いされた上に、如月雨露《きさらぎあまつゆ》の好感度稼ぎに自分が利用されていると思うと、より一層気が滅入《めい》った。本当に最悪だ……。

……いや、待て。これはチャンスではないか？　周囲に生徒がいるとはいえ、今は如月雨露《きさらぎあまつゆ》と私の二人きりともいえる。だから、この状況で私が如月雨露《きさらぎあまつゆ》に言ってやればいい。

お前の本性を知っているぞ、と。本人が認めようが認めなかろうが、これを言ってしまえば如月雨露《きさらぎあまつゆ》は私を警戒する。そうすれば、この男は私を避けるかもしれない。

完全な排除とまではいかずともいい。日向葵《ひなたあおい》と大賀太陽《おおがたいよう》と話している時に、如月雨露《きさらぎあまつゆ》が近づいてこなくなるだけで、私の鬱憤は十分に晴らすことができる。

よし。そうと決まれば、早速実行しよう。私は、口を開いた。

——あ、あのさ……

「ねぇ、虹彩寺《こうさいじ》さん」

出鼻をくじかれた。本当にこの男は、色々な意味で私を苛立《いらだ》たせてくれる。

——な、なにかな？

仕方がないので、応じてやる。だが、その会話が終わったら次は私の番だ。

「虹彩寺《こうさいじ》さんって、偉いよね」

お前が私を評価するな。心の中で毒を吐く。

——え、偉いって、何が、かな？

たずねながらも、内心では呆《あき》れ返《かえ》っていた。……このパターンは、小学校時代に何度も経験した。二人になったタイミングで男は言うのだ。『困ってることがあったら、相談しろ』、『辛《つら》い時は言えよ』、『弱い自分を恥じるな』。歯の浮くような決まり文句で、私を苛立《いらだ》たせる。

自然と、プリントを持つ両手に力が入っていく。

ここで、如月雨露《きさらぎあまつゆ》が私を『弱者』扱いしたら、毒を抑えられる自信はない。

「すごく『強い』子だからさ」

――……え？　……あっ！

「うわっ！　大丈夫⁉」

唐突な如月雨露《きさらぎあまつゆ》の言葉に、私はプリントを持つ両手の力を抜いてしまった。廊下にまき散らされたプリントを慌てふためいて拾う如月雨露《きさらぎあまつゆ》。私も大急ぎで手伝った。

「よし、これで……えっと……うん。もう落ちてるのはないね」

プリントを拾う最中、何枚かを自分の持っている束の上に乗せた如月雨露《きさらぎあまつゆ》がそう言った。

――ご、ごめん……。

「気にしないでよ」

失態だ。まさか、如月雨露《きさらぎあまつゆ》の前でこんな醜態をさらすことになるとは……。

だけど、言葉の意味が分からない。なぜ、この男は私を『強い』と言ったのだろう？　なぜ、今は『弱者』を演じて過ごしている私を『強者』扱いしたのだろう？

――あ、あのさ……。さっきの言葉、どういう意味かな？

「さっきの言葉？」

――う、うん……。私が『強い』ってところ……。

「ああ。そこか」

特に照れた様子もなく、あっけらかんとした態度で如月雨露《きさらぎあまつゆ》は私の言葉に反応した。

「だって、虹彩寺《こうさいじ》さんって何でも自分一人でやるじゃん。だから、『強い』なって」

──そ、それは当たり前のことじゃ……

落胆した。確かに私は、大抵のことを一人でこなす。

その原因は、私の根本にある『他人を信じない』というルールに基づいてのことだが、一般的に当たり前のことを一人でやっているだけだ。

やれやれ……。この程度のことを評価するなんて、本当にこの男は──

「当たり前のことを当たり前にできる人は、『強い』と思うよ。できない人のほうが、ずっと多いからさ。……例えば、僕とかひまわり、それにサンちゃんもかな。だから、虹彩寺《こうさいじ》さんはすごく『強い』。しっかりとした根のある人なんだなって思う」

意表を突かれた。如月雨露《きさらぎあまつゆ》は、人間の上辺だけを見ているゴミだと思っていたが、それは私の大きな間違いだったようだ。彼は、人の裏の気持ちまで目がいく男だ。

私の当たり前の行動の裏にある気持ちに、誰よりも最初に気がつくなんて……。

──き、如月《きさらぎ》君、そんな風に私を見てたんだ……。

如月雨露《きさらぎあまつゆ》は、自分を偽っている。それも、自らの下賤《げせん》な欲求を満たすために。その行為自体はまったく評価できず、嫌悪感以外の感情を持つことはできない。

だが……、それが彼の全てではない。

たとえ偽っていても、隠しきれないものはある。その一つが、これなのだろう。

「あ、そういえば、虹彩寺《こうさいじ》さんも何か言おうとしてたよね。どうかしたの？」

そうだった。私は如月雨露《きさらぎあまつゆ》の話を聞き終わったら、自分の用件を伝えるのだった。

お前の本性は知っている。だから、私に必要以上にかかわるなと。

この男にも評価できる部分があることは分かった。だが、それがどうした？　たとえ、一つそれなりにいいところがあろうと、他が全てマイナス値をマークしている以上、マイナスだ。

私の平穏を確約するためにも、言ってしまえ。今こそ、私の毒をこの男にぶつける時だ。

——あ、あだ名、つけてほしいな……。

なぜ、私の口は、想定していたのとは全く別の言葉を吐いている？

これ以上の会話は必要ないじゃないか。なのに、どうして……。

「あだ名？」

——う、うん。ほら、如月《きさらぎ》君も大賀《おおが》君もひまもあだ名があるでしょ？　でも、私はないからさ、何だかさみしいなって……。

頭で思い描いた言葉と、まるで関係のない言葉を心が口から溢《あふ》れさせる。

しかも、言っていることも滅茶苦茶《めちゃくちゃ》だ。呼称なんて、ついていない生徒のほうが多いじゃないか。むしろ、ついてしまったら余計に目立つ可能性すらあるというのに……。

本当に、私は何をやっている？

「言われてみれば、そうかもしれないね。……うん、分かった」

プリントを運びながら、如月雨露《きさらぎあまつゆ》が私の無謀なリクエストに応えるために、思案を始める。

それから、三十秒ほどすると……

「パンジー……いや、ビオラなんてどうかな？」

――パンジー？　ビオラ？

「うん。虹彩寺《こうさいじ》さんの名前って『菫《すみれ》』でしょ？　だから、最初は『三色菫《パンジー》』かなって思ったんだけど、あくまでも『三色菫《さんしょくすみれ》』がパンジーだしさ。それなら、『菫《ビオラ》』のほうがいいかなって……。あ、気に入らなかったら、別のを考えるからね！　何なら、パンジーでも……」

――ふふっ。

あたふたと慌てふためく如月雨露《きさらぎあまつゆ》は、中々に面白い。私は自然に笑いを漏らしていた。

もう、素直に認めよう。これ以上、心に逆らうのはやめだ。頭で思い描いていたことが全て正しいわけじゃない。……いや、正しさだけを追求する必要はないのだから。

……嬉《うれ》しかった。如月雨露《きさらぎあまつゆ》が、懸命に私の呼称を考えてくれて、嬉《うれ》しかったんだ……。

――なら、どっちももらっちゃおうかな。

「え？　ど、どっちも？」

――うん。『パンジー』と『ビオラ』って、学術的には同じものなの。二つの違いは、花の大きさだけ。花の大きいほうが『パンジー』で、花の小さいほうが『ビオラ』なんだ。だから、どっちも私のあだ名。二つとも、もらっちゃうね。

「そうなんだ。詳しいね」

──如月《きさらぎ》君も、花の漢字を知ってるくらいだし、結構詳しいと思うよ。

「それは、たまたまで……。それで、結局どっちで呼べばいいのかな？」

確かにその通りだ。つい気分が乗って、二つの呼称をもらってしまったが、呼ばれるのは一つでいい。さて、どちらにしようか？　……パンジーか、ビオラか？

──『ビオラ』でお願い。折角、如月《きさらぎ》君がつけてくれたあだ名だしね。

「うん。分かった。なら、これからは虹彩寺《こうさいじ》さんのことを『ビオラ』って呼ぶね」

──ふふ。ありがとっ。

一つ、嘘をついた。私が『ビオラ』を選んだ理由は、如月雨露《きさらぎあまつゆ》が『ビオラ』を選んだのだけが理由ではない。もう一つの理由は、花言葉。ビオラの花言葉は、『誠実』。

嘘だらけの私だから、せめて心だけは『誠実』でいよう。

そう思ったからこそ、私は『ビオラ』というあだ名を選んだ。

「じゃあ、早く職員室まで運んじゃおうか。……ビオラ」

そして、もう一つの呼称は、今はまだとっておく。

いつかできるかもしれない『恋愛』。特別な一人の相手と相思相愛になれたら、私は誠実《ビオラ》ではなくなる。大好きな人のことしか考えない、我儘《わがまま》で自分勝手な私。

大切な人と沢山の『記憶』を作って、『愛の想《おも》い』をとびっきりに宿して、いつでも『貴方《あなた》のことで頭がいっぱい』なパンジー。彼がくれた、もう一つの呼称を使わせてもらおう。

――そうだね。あ、それと……

「何かな？」

如月雨露《きさらぎあまつゆ》は、自分を偽っている。その目的は、自らの好感度稼ぎのため。如月雨露《きさらぎあまつゆ》は、『弱者』であるにもかかわらず、『より弱者』を演じる汚い男だ。

私はこの男が好きになれない。その気持ちは、今でも何一つ変わらない。

だけど、それでも……


――ありがとう。プリント運びを手伝ってくれて。

「うん。どういたしまして」

私にとって、害のある人間ではなさそうだ。

✿

夏休み。その日、私は球場へとやって来ていた。

「ビーちゃん、ここだよ、ここ！」

観客席の最前列で、元気に立ち上がり私に対して手招きをする日向葵《ひなたあおい》。彼女が私を呼んでくれているという事実が妙に嬉《うれ》しくて、僅かに足を弾ませて私はそこへ向かう。

——ひ、ひま、早いね……。それに、すごくいい席。

「えへへ！　一番前だよ！　ジョーロががんばってくれたの！　ありがと、ジョーロ！」

「まぁ、このくらいは当然だよ」

——あ、ありがとう、如月《きさらぎ》君。わざわざ、私の席までとってくれて。

「いいって。あくまで、自分のついでだからさ」

今日は、中学野球の地区大会決勝戦。

観客席は満員御礼《まんいんおんれい》……というわけでもないが、それなりに人は入っている。なぜ、こんな場所に私達《たち》が来ているかというのはシンプルで、うちの野球部が決勝戦まで駒を進めたからだ。

私は野球に興味はないし、応援は自由参加だったので、初めは行くつもりがなかった。

だが、ピッチャーが大賀太陽《おおがたいよう》となると話は別だ。まだ一年生にもかかわらず、チームのエースを任される彼の実力には驚いた。やはり、彼は『強者』なのだろう。

それで、第一試合から毎回応援に行っていたら、同じく第一試合から常に応援に来ていた如《きさ》月雨露《らぎあまつゆ》と日向葵《ひなたあおい》に見つかり、自然と一緒に応援をするという習慣が誕生したのだ。夏休みに入り、日向葵《ひなたあおい》とかかわれる機会が減っていたのは寂しかったので、これは嬉《うれ》しかった。

だからこそ、試合の日がくるのが楽しみで、昨日も中々寝付けなかった。

そして、試合の駒を進める度、徐々に増えていく応援する生徒達《たち》。さすがに決勝戦とまでなると、全校生徒が集まっている。だけど、彼らはあくまで途中から。私は最初から応援に来ていた。そんな優越感に浸りながら、最前列の応援席に腰をおろす。

「サンちゃん、がんばれー！」

「サンちゃん、ガンバだよ！　ガンバ！」

「大賀《おおが》君、ファイトー！」

「負けないでね、サンちゃん！」

日向葵《ひなたあおい》と如月雨露《きさらぎあまつゆ》に続いて飛ぶ大賀太陽《おおがたいよう》への黄色い声援。今日も彼は大人気だ。

だけど、大賀太陽《おおがたいよう》が特定の女性と付き合っているという話は、現在のところなし。

すでに学内で不動の人気を博し、何人もの女性から甘い言葉を投げかけられているそうだが、全員撃沈。以前に興味本位で、どうして誰とも付き合わないのとたずねたら、「い、今は野球が最優先だからな！」と言っていた……だが、一部の女子生徒達《たち》が話していた「大賀《おおが》君には好きな子がいるらしいの。だから、誰とも付き合えないって」という噂も耳にした。

大賀太陽《おおがたいよう》の言葉と女子生徒の噂。

どちらを信じるべきか分からないが、どちらでもいいだろう。

彼に対して尊敬と友情の感情は抱いているが、恋愛事情にまで足を踏み込むつもりはない。

私は、今の環境が守れさえすればいい。目立つことも、誰かから疎《うと》まれることもない日常の中に、時折日向葵《ひなたあおい》や大賀太陽《おおがたいよう》（ついでに如月雨露《きさらぎあまつゆ》）という刺激的な人物とかかわれる機会。

これで、私は十分満足だ。

……ただ、その平穏な毎日にも一つ悩みはあるのだが……

――ジョ……如月《きさらぎ》君、今日も張り切ってるね。

「当たり前だよ、ビオラ！　だって、サンちゃんが試合に出るんだもん！　一年生でレギュラーなのってサンちゃんだけなんだよ！　本当にすごいよね！」

子供のように（といっても中学一年生なので、実際に子供だが）、目をキラキラと輝かせて語る如月雨露《きさらぎあまつゆ》。また失敗したという、私の悔しさには気づいていないようだ。

私の悩み。それは、如月雨露《きさらぎあまつゆ》と大賀太陽《おおがたいよう》を呼称で呼べていないことだ。他人からすると、些細《ささい》でくだらない悩みだとは思う。だけど、私にとっては非常に重要な悩みだ。

中学になって彼らと出会ってから、私は如月雨露《きさらぎあまつゆ》を『如月君《きさらぎ》』、大賀太陽《おおがたいよう》を『大賀君《おおが》』と呼んでいた。理由は、私が男という存在が苦手だから。「必要以上に近づいてこないで」というメッセージを込めて、私は二人をあだ名で呼ばないようにしていた。

ただ、ここ最近で如月雨露《きさらぎあまつゆ》の評価は、奈落のマイナスから限りなくゼロに近いプラスというところまでは改めたし、大賀太陽《おおがたいよう》は初めから私の中で最高評価。

もう少し、距離を詰めたい。仲良くなりたい。特に、大賀太陽《おおがたいよう》と。

ただ、いきなり大賀太陽《おおがたいよう》のことを『サンちゃん』と呼ぶ勇気はないので、手始めに如月雨露《きさらぎあまつゆ》を呼称で呼んでみてはどうかと挑戦しているのだが……

「あれ？　どうしたの、ビオラ？　何か元気ない？」

――そ、そんなことないよ、如月君《きさらぎくん》！

どうにも、上手《うま》くいかない。今日も私は、如月雨露《きさらぎあまつゆ》を『如月君《きさらぎくん》』と呼んでしまうのだった。

「あっ！　ジョーロ、試合始まるよ！　サンちゃん、出てきたよ！」

「本当だ！　……よーし、ここからは頑張って応援するぞぉ！」

大賀太陽《おおがたいよう》の試合が始まってからの如月雨露《きさらぎあまつゆ》の好感度稼ぎの作戦は、『一生懸命応援する自分を見せる』といったところ。

まったく……。相変わらず女子生徒の好感度稼ぎに余念のない男だ。ただ、それをやるなら声を出す直前に、チラチラと周りの女子生徒を確認するのはやめておいたほうがいい。

――はぁ……。如月君《きさらぎくん》は、本当にいつも通りだね……。

「……え？　ビオラ、何か言った？」

――ううん。なんでもないよ。

如月雨露《きさらぎあまつゆ》のこの行動だけは今でも嫌悪感を抱いてしまうが、以前のように耐えられない程ではない。努力の形は人それぞれ。今はまだ『弱者』の如月雨露《きさらぎあまつゆ》だけど、もしかしたら、いつか彼は『強者』になるかもしれない。

これがそのための努力なのだとしたら、少しくらいなら応援してやってもいいと思う。

いつか、素敵な恋人ができるといいね。

大賀太陽《おおがたいよう》にエールを送る如月雨露《きさらぎあまつゆ》に対して、私は心の中でエールを送った。

「あっ！　ジョーロ、また点が取られちゃったよ！」

「ぐっ！　サ、サンちゃん、負けるな！」

当たり前のことだが、世の中何もかもが上手《うま》くいくわけではない。地区大会の決勝戦という大きな壁は、まだ一年生の大賀太陽《おおがたいよう》には高すぎたのか、彼は激しい苦戦を強いられていた。

現在、七回表で相手側の攻撃。ランナー一、三塁。そしてスコアは、8—2。

もちろん、『2』が私達《たち》の学校だ。

野球の知識がさほどあるわけではないが、これまでの大賀太陽《おおがたいよう》の試合に全て訪れていた私だ。最低限のルールは理解している。そして、この点差がかなり厳しい状況であるということも。

「サンちゃん、耐えろ！　ここを抑えて逆転してやれ！」

徐々に余裕がなくなってきたのか、如月雨露《きさらぎあまつゆ》の口調が乱雑なものになっている。

どうやら、女子生徒の好感度を稼ぎたいという気持ちよりも、大賀太陽《おおがたいよう》の応援をしたいという気持ちのほうが強かったらしい。よく分からない男だ……。

「あっ！　く、くっそぉ……」

だが、その声援は届かない。大賀太陽《おおがたいよう》はまたヒットを打たれ、さらに点差が開いた。

これで、スコアは9—2。

「大丈夫！　まだ七回だ！　いける！　いけるぞ！」

「そだよ、サンちゃん！　諦めちゃダメ！」

すでに声援を送っているのは如月雨露《きさらぎあまつゆ》と日向葵《ひなたあおい》のみ。他の応援に来た生徒は、自分達《たち》の敗北をすでに受け入れているのか、どこか意気消沈した様子だ。私もそちら側。

できないことはできないと、早く諦めたほうがいい。野球とは関係ないが、私も小学校時代に自分の環境を改善しようと色々と努力はしてみたが、ほとんど改善できなかった。

――ね、ねぇ、如月《きさらぎ》君。そんな大きい声を出さなくても……

「はぁ!?　何言ってんだよ！　サンちゃんが苦しい時こそ、俺……っと、僕が頑張らないと」

別に、そのままの口調でもいい。そう思ったが、言葉にはしない。

――で、でもさ、すごい点差だよ。それに、如月《きさらぎ》君が頑張れることなんて……

「あるよ！　最後まで信じて、応援することさ！」

如月雨露《きさらぎあまつゆ》に対しての嫌悪感は薄れてきているが、これは少し腹が立った。恐らく、この男は恵まれた環境で育ってきたのだろう。だから、人を信じることができる。

でも、それは大きな間違いだ。どれだけ信じても……

――その気持ちが届かないことはあるよ？

小学生の頃、私は何度も人を信じては裏切られた。だから、『強者』として決意したのだ。『他人を信じない』、『信じるのは自分の力だけ』。王子様なんて存在しない。

そもそも、どれだけ応援をしようと結果は同じだ。

戦っているのは、如月雨露《きさらぎあまつゆ》ではなく、大賀太陽《おおがたいよう》なのだから。

「だから、届けるために最後まで信じるのさ！」

よくもまぁ、そんな青臭い台詞《せりふ》を平然と言えるものだ。少しだけ、私の毒が溢《あふ》れた。

――もし裏切られたら、どうするの？

「裏切られるのを怖がっていたら、人は信じられないよ」

――…………っ！

射抜かれた。何が射抜かれたかは分からない。でも、今確かに私の中の何かが射抜かれた。

なんだこれは？　それに、今の言葉はどういうことだ？

如月雨露《きさらぎあまつゆ》は、裏切られることを覚悟して人を信じているのか？

――ね、ねぇ、今のって……

「あっ！　ナイス、サンちゃん！　よし！　何とか抑えきった！」

ダメだ。如月雨露《きさらぎあまつゆ》にとって、最優先ですべきことは大賀太陽《おおがたいよう》の応援。今はそれに無我夢中といった様子。さすがに、それを自分の欲望を優先して妨げるのは忍びない。

「ふぅ……。これで、ひと安心……いや、まだ気を抜いちゃダメだ！」

今の言葉の真意を聞くのは、試合が終わってから。今は、応援に専念させてやろう。

七回の裏。今度はこちらが攻撃。バッターは、大賀太陽《おおがたいよう》からだ。

バッターボックスに立つ大賀《おおが》太陽《たいよう》は、まだ試合を諦めていないようで、闘志に燃えた瞳で相手投手を睨《にら》みつけている。

「よーし！　ここから逆転だよ！　ほら、ビオラも応援しようよ！　きっと、届くからさ！」

「そだよ！　ビーちゃんもいっしょにおーえん！　サンちゃんなら、ここから相手をギャフンと言わせちゃうんだから！」

私まで巻き込むのはやめてほしい。大体、私はそんな大声を出すタイプの人間じゃない。

だけど、先程の如月雨露《きさらぎあまつゆ》の言葉がやけに引っかかる。

裏切られるのを怖がっていたら、人は信じられない。

もし、私が誰かを信じることができたのなら……


——大賀《おおが》君！　頑張れぇぇぇぇぇぇ‼


大きな……本当に大きな声を出した。こんなこと、自分の人生で初めての経験だ。

今、私はいったい誰を信じて、こんな大きな声を出したのだろう？

「わぁ～！　サンちゃん、すごい！　やった！　やったぁぁぁ！」

「打ったよ！　サンちゃんが打ったよ、ビオラ！」

——うん！　そうだね！　すごい……。本当にすごいよ……。

七回裏、点数は9―2。絶望的な状況の中、大賀《おおが》太陽《たいよう》は打った。

とても綺麗なアーチを描く、ホームランを……。

✿

「あぅ〜……。負けちゃったよぅ……」

結果は無常。あれから、私もできる限りの声援は送ったが、試合結果は変わらなかった。

最終的なスコアは、9―3。大賀《おおが》太陽《たいよう》のホームランで一点を取り返した時は胸が熱くなった
が、それ以降に点が取れることはなかった。

「ねぇ、みんなで大賀《おおが》君を励ましに行かない？」

「そうだね！　きっと落ち込んでるし、元気づけてあげないと！」

「よし！　私も頑張るよ！」

まるで、あらかじめ用意されていたような台詞《せりふ》を告げる女子生徒達《たち》。

なるほど。ここで、大賀《おおが》太陽《たいよう》を励まして彼のポイントを稼ごうという算段か。勝利した場合
は称《たた》え、敗北した場合は励ます。彼女達《たち》にとって重要なのは、試合の結果よりも大賀《おおが》太陽《たいよう》。

まるで、如月雨露《きさらぎあまつゆ》と日向葵《ひなたあおい》の懸命な声援が小バカにされているようで無性に腹が立った。

「よーし！　わたしも、サンちゃんを励ますよ！　いっぱい、元気にしちゃうんだから！」

日向葵《ひなたあおい》は彼女達《たち》とは違う。彼女だけは大賀太陽《おおがたいよう》の悔しさを理解したうえで、彼を励まそうとしている。その純粋さが、私の中で荒れ狂う毒を少しだけ落ち着けてくれた。

ところで、如月雨露《きさらぎあまつゆ》はどうするのだろう？

彼にとって最重要項目だった『大賀太陽《おおがたいよう》の試合』は終わりを告げた。となると、ここからはいつも通り『女子生徒の好感度稼ぎ』に移行するのだろうか？

大賀太陽《おおがたいよう》を励まそうとしている女子生徒達《たち》の中には、校内でも評判の可愛《かわい》い女の子も混ざっているし、何より大人気の日向葵《ひなたあおい》がいる。

多分、如月雨露《きさらぎあまつゆ》も一緒に行くとは思うのだが……

「ごめん、ひまわり。僕はちょっと探すものがあるから、行くね」

「う？　……うん！　分かった！」

どうやら、私の予想は外れたようだ。

如月雨露《きさらぎあまつゆ》は、一人で立ち上がるとどこかへと向かおうとしている。

だから、私は……

――き、如月《きさらぎ》君、私も一緒に行っていい？

この男についていくことを決めた。大好きな女の子達《たち》と過ごすことよりも優先すること。

それが、何か気になったから。そして、先程の言葉の真意を聞きたかったから。

「え？　まぁ、別に構わないけど……なら、行こうか」

——う、うん！　ありがとう。

よかった……。断られたらどうしようととても不安だったけど、笑顔で受け入れてくれた。

ふふふっ。これで、もう少し一緒にいれるね。

彼に微笑《ほほえ》まれた時に生まれた高揚感の正体に私が気づくまで、あと少し。

✿

「さてと、どこにあるかなぁ〜？」

この男は、いったい何をやっているのかしら？

球場の外に出た途端、随分とお間抜けな声を出して周囲を見回し始めたじゃない。

——ねぇ、何を探しているの？

「串カツ屋さん。サンちゃん、串カツが大好きだからさ。勝った時も負けた時も、最後は大好物を一緒に食べたいなって思ってね」

また、大賀太陽《おおがたいよう》……。本当に今日のこの男は、最初から最後まで大賀太陽《おおがたいよう》尽くしね。

少しくらい、私を見てくれてもいいじゃないの。今はこんな地味な姿をしているけど、本当の姿は中々のものだと自負しているのだけど？

——ふーん……。

「あ、あれ？　ビオラ、何か怒ってる？」

──別に。探すなら早くしましょ。薄鈍《うすのろ》な亀の如月《きさらぎ》君のペースに合わせていたら、明日になるかもしれないわ。

「うっ！　そこまで言わなくてもいいじゃん……」

いけないわ。妙な苛立《いらだ》ちを覚えて、つい毒を吐いてしまったじゃない。

しかも、弱気な私ではなく本当の私で。如月雨露《きさらぎあまつゆ》には気づかれていないみたいだけど……少しくらい気づけないものかしら？　本当に腹の立つ人ね。

「うーん。都合よくどこかにあればよかったんだけど……ないかぁ～！」

肩を落とす前に、自分の準備不足を反省すべきよ。勝とうが負けようが、串カツを買うつもりだったのなら、事前に調べておけばよかったじゃないの。

そうすれば、こんな無駄な時間なんて作らずに済んで、もっとお話できたのに。

本当に、この人はお間抜けな人。しかも、まだ諦めていない様子ね。

また、串カツ屋さんを探すために歩き始めたわ。

──ねぇ、如月《きさらぎ》君。

「ん？　どうしたの？」

もう知らないわ。

大賀太陽《おおがたいよう》ばかり気にしているし、当てのない串カツ屋さん探しに付き合わされるし、全然私のイライラに気づいてくれないし、こっちの都合を優先してやるわ。

——さっきの試合で言っていたことを、詳しく聞いてもいいかしら？

「えっと、何の話かな？」

——『裏切られるのを怖がってたら、人は信じられないよ』という言葉よ。

如月雨露《きさらぎあまつゆ》は、『弱者』。平凡な見た目に平凡な能力。『強者』たる日向葵《ひなたあおい》や大賀太陽《おおがたいよう》、そして私とは明らかに違う人間よ。そんな彼が、なぜこんなことを言ったの？

私の知っている『弱者』に、こんな男はいなかったわ。『弱者』とは、自分の能力を向上させることよりも他人の足を引っ張ることばかりにかまけるの。そして、自分は裏切るくせに、他人から裏切られることを極端に恐れる。そんな人間のはずだもの。

「あ、あー……。その話？　話さなきゃダメ？」

自分でも恥ずかしいことを言ったと思い出したのか、如月雨露《きさらぎあまつゆ》がどこか気まずそうに後頭部をポリポリとかきながら確認を取ってきたわ。

——ダメ。聞きたいわ。こうして君に付き合っているのだし、そのくらいいいでしょう？

私が勝手についてきたのだけど、そのくらい棚に上げてしまっていいわよね。

「うっ！　ま、まぁ……そうかもしれないけど……うぅ……。分かったよ」

どうやら観念したようね。作戦成功よ。やったわ。

——どうして君は、人に裏切られるのが怖くないのかしら？

「いや、怖いよ。できる限り、そんな経験はしたくない。……というか、小学校の時に僕が裏切ったことがあってさ……。本当にひどいことをしたと思った。しかも、その子は札幌《さっぽろ》に引っ越しちゃったから、もう謝る機会もなくてさ……」

如月雨露《きさらぎあまつゆ》には如月雨露《きさらぎあまつゆ》なりの少し重たい過去があるみたいね。でも、その内容は今度教えてちょうだい。今、知りたいのはそこから先よ。その経験を経て君がどうなったか知りたいの。

『弱者』は自分の間違いを認めない。反省よりも自分を正当化することを優先するもの。

「だから、その時に決めたんだ。できる限り、誰かを裏切るのはやめよう。誰かを傷つけるのはやめようって」

——できる限りっていうのは、どういう意味？

「絶対に裏切らなきゃいけない時、傷つけなきゃいけない時って来ると思うからさ」

ロマンチストだけど、現実的な一面もあるようね。

「それに、もちろん誰でも信じるってわけじゃないよ？　信じたいって思った人だけ。別に、僕は聖人君子じゃないからさ」

どうして？　私は、『他人を信じない』と決めているわ。

それは、たとえ日向葵《ひなたあおい》でも大賀太陽《おおがたいよう》でも同じ。彼らを『強者』として尊敬はしているけど、信じてはいない。ううん、信じることができない。だって、いつか裏切るかもしれないもの。

——どうして君は人を信じられるの？

誰かを裏切ったことがあるのなら、今度は自分が裏切られることを恐れるはずだわ。

だから、『弱者』は嘘をつくのよ。

嘘で塗り固めた自分で他人と接して、信頼を得ようとするのよ。

「他人を信じない人が、他人から信じてもらえるわけないじゃん」

——……っ！

また射抜かれたわ。なによこれ？　これはいったい、なにかしら？

——で、でも、それで本当に裏切られたら、どうするの？

違うわ……。そんなはずはないの。あってたまるものですか。

徐々に自覚を始めた自分の感情を必死に振り払う。

この男は、私を否定したの。『他人を信じない』と決めて、生きてきた私を否定したのよ。

「そうなったら、仕方ないよ。何より……自分が裏切るよりはましだ」

——………。

何も言えないわ。何も言い返せないわ。ただ黙って如月雨露《きさらぎあまつゆ》の話を聞くしかできない。

でも……、もっと聞いていたいの……。

「あと、自分のためってのもあるんだけどね。自分のために、誰かを信じるんだ。誰かを信じられない自分って嫌いだからさ」

あぁ、どうしましょう……。こんなことになる予定じゃなかったの。

こんな風に、彼のことを想《おも》うつもりなんて微塵《みじん》もなかったの。

なのに、この胸からは止めどなく感情が溢《あふ》れ出《だ》している。

「ジョーロ君は、私が思っているような人じゃなかったのね」


自然に、まるで当たり前のことのように、初めて私は彼の呼称を呼んだ。

間違っていた……。私は、間違っていたのね……。

如月雨露《きさらぎあまつゆ》は、『弱者』じゃない。彼は、平凡な外見に平凡な能力しか持たない……『強者』だった。そして、『弱者』だったのは……

「私、だったのね……」

傷つくのを恐れて嘘をつき、他人を信じるのをやめた私。他人と距離を置いて俯瞰的《ふかんてき》に周りを見て、勝手にその人を理解した気になっていた私こそが『弱者』だった。

本当に、私は情けないわ……。こんな風に、自分が『弱者』であると自覚させられても、強くなろうとなんて微塵《みじん》も考えていないのだもの。

「え？　な、何の話？」

「ううん。なんでもないわ」

『弱者』の私が考えていること、それは……

「……ねぇ、ジョーロ君。これからも私と仲良くしてくれるかしら？」

「もちろん」

守ってもらいたい、そばにいてもらいたい、優しくしてもらいたい。

そうか……。そうか……。この感情が、そうなのね……。

初めての経験だから、まるで気づけなかったけど、なんて素敵なのでしょう。

苦しくて、楽しくて、イライラして、嬉《うれ》しくて、辛《つら》くて、……とても幸せな気持ち。

「と、とりあえずさ！　この話はここまでにしようよ！　その、正直恥ずかしいし！」

如月雨露《きさらぎあまつゆ》……ジョーロ君が、顔を真っ赤にしてそんなことを言うものだから、つい笑みがこぼれてしまう。たとえ偽りの笑顔でも、彼は今、私だけを見ている。

それだけで、こんなにも幸せを感じるようになってしまったわ。

「ほら、それにアレだよ！　僕は特に将来の夢とかそういうのがないからさ、ちゃんと目標をもって頑張ってる人って憧れるんだ！　そ、それだけ！　あは！　あははははは！」

「そう。将来の夢がないのね」

「ま、まぁね……。ちなみに、ビオラは何か将来の夢とかあったりするの？」

そう聞かれて、最初に私の頭に浮かんだのは、キャビンアテンダント。

自分の狭い世界が嫌で、広い世界へと羽ばたける職に私は憧れていた。

だけど、今の私にはもっと憧れる夢ができたわ。『弱者』の私は、誰かに守ってもらえなければ生きていけない。彼がそばにいてくれないと、もうダメな人間になってしまったもの。

「将来の夢。そうね……」

ジョーロ君が、自分を偽っているのは知っている。

ジョーロ君が、性格以上に外見を好む傾向にあるのは知っている。

ジョーロ君が、薄汚い考えを持っていることは知っている。

ジョーロ君が、私にまるで興味を持っていないことは知っている。

それでも、私はジョーロ君に注がれてしまった。

「お姫様になりたいわ」


恋心を。

✿

メランコリックとは、今の私に最も相応《ふさわ》しい言葉だろう。

夏休み後半戦。ジョーロ君への恋心を自覚した私は、すぐさまに行動……とは当然ならず、毎日をただただ無駄に過ごしていた。

小学生の頃、私は長期休暇が大好きだった。

なぜなら、その間だけは男子からの余計な干渉も、女子からの鬱陶しい嫌がらせもなかったから。心の底から、新学期なんて始まらなければいいと願っていた。だけど、今は真逆。

早く新学期が始まってほしくて仕方がない。早くジョーロ君に会いたい。

けど、果たして新学期が始まったところで、ジョーロ君との関係に変化が訪れるだろうか？

私はジョーロ君に嘘をつき続けている。本当の姿と性格を隠し、偽りの自分で彼と接している。素直に全てを伝えれば、ジョーロ君なら笑顔で受け入れてくれるかもしれない。

私の外見は他人よりも優れている。だから、卑怯《ひきょう》な方法だけど私の本当の姿を見せれば、外見至上のジョーロ君は大喜びで食いついてくるかもしれない。

だけど……、あくまでも『かも』。

夏休みの間、何度もジョーロ君に真実を告げるために、本当の姿で彼の家の前まで行った。

だけど、チャイムを押そうとした瞬間に、嘘をついていた私を軽蔑するジョーロ君の姿が瞳に浮かんでしまい、手が震えてチャイムが押せなくなる。そして、そのまま帰宅。

翌日、また同じことを繰り返す。途中から、自分が軽いストーカーと化しているような気がして自己嫌悪に陥り、彼の家を訪れるのをやめた。それが、昨日までの話。

かといって、家にいてもメランコリーが上昇していくだけなので、私は偽りの姿で大好きな本が沢山読める、区が運営する図書館へとやってきていた。

結局、本にまるで集中できていないが。

「……どうしよう……」

私は『強者』のジョーロ君とは違う、『弱者』だ。

だから、誰かに裏切られるのがやっぱり怖い。……ううん、違う。

誰に裏切られてもいいけど、ジョーロ君にだけは裏切られたくない。本当に、恋というのは厄介だ。『弱者』である私を、より『弱者』にするのだから。

大体、夏休みのせいで全然ジョーロ君に会えないのも問題だ。

こういう時、日向葵《ひなたあおい》が羨ましい。同時に、凄《すさ》まじく不安だ。

きっと彼女は、幼馴染《おさななじみ》という立場から夏休みの間もジョーロ君と何度も会っているだろう。

私なんて、あの試合の日以来一度も会えていないのに。……羨ましくて仕方がない。もし、この夏休みにちょっとした拍子で、日向葵《ひなたあおい》がジョーロ君に恋愛感情を抱いたらどうしよう？

あんな素敵な女の子だ。告白をされたら断る理由を見つけるほうが至難の業。夏休みがあけて、いつものように教室に入ってくる二人。だけど、その手は強く握りしめられていて……

「……ダメ。考えては、ダメよ……」

ブンブンと頭を振りながら、自分の頭に浮かんだ映像を消す。

考えるな。考えるな。考えるべきは、どうすればジョーロ君にもっと近づけるか。どうすれば、彼に好んでもらえるかだ。

問題を提起して解決するのは、小学生時代から何度もやってきたじゃないか。

ジョーロ君と今以上にかかわる方法。それは……

「勉強を教える？　……ダメよ。それは以前からやっているわ」

というか、ジョーロ君とまともに話すのなんて、その時くらいだ。

「静かにしてもらえますか？」

「あっ！　す、すみません……」

しまった……。やってしまった……。

ジョーロ君のことを考えるばかり、ブツブツと独り言を話してしまったけど、ここは図書館。

声を必要以上に出してはいけない場所だ。

一度気持ちをリフレッシュさせよう。元はと言えば、そのために図書館に来たのじゃないか。

ひと呼吸おいて、借りてきた本を開く。さぁ、大好きな読書の時間だ。

「…………」

もういっそ、この姿のままジョーロ君に気持ちを伝えちゃおうかしら？　ちょっとしたシャレも込めて、『貴方《あなた》をストーキングしているの』なんて言ってみるの。それで、彼に拒絶されても絶対にそばを離れない。なんなら、本性をバラすぞとか脅して、必然的に私と会わなきゃいけなくなるようにするなんてどうかしら？

そうやって、必然的に一緒にいられる関係が結べたら、二学期からやるダンスの授業でペアが組めるかもしれないわ。二人で踊りながら、周りには聞こえない小さな声でジョーロ君とお話をするの。みんなに見えているのに、みんなに聞こえない会話って、ロマンチックじゃない？

あと、私のおすすめの本をジョーロ君にも読んでほしいわ。彼と『共通の話題』がほしいもの。そのために、私が彼に本を貸す。それも、ただ貸すだけじゃない。こっそりとしおりを挟んで、そこにメッセージを残すの。どんなメッセージをジョーロ君に残しましょ？「そばにいてくれる？」、「私のこと、好き？」、「私が困っていたら、助けてくれる？」。きっと、どんなメッセージを送っても、ジョーロ君は困るんでしょうね。……ふふっ。

少しずつ、少しずつでいいからジョーロ君と距離を詰めていきたい。今年の夏休みは無理だったけど、来年の夏休みこそはジョーロ君と過ごしたい。ジョーロ君の家に遊びに行ったり、彼と海に行ったり、お祭りに行ったり……。ただ、二人だけで行くよりも沢山の人達《たち》と行ったほうが楽しいかもしれないわ。日向葵《ひなたあおい》や大賀太陽《おおがたいよう》、四人で一緒に羽目を外して楽しむの。だけど、お祭りの最後の花火だけはジョーロ君と二人きり。お洒落《しゃれ》な浴衣《ゆかた》を着て、ジョーロ君と手をつなぎながら花火なんて見られたら、それだけで私はどうにかなってしまいそう。

そこからも、体育祭、文化祭、修学旅行。色んな時に、色んな思い出をジョーロ君と作る。

あぁ……。なんて素敵な……って……

「ダメね……。全然、集中できないわ……」

すでに図書館にきてから一時間以上経過しているのにもかかわらず、ページは目次のまま。

頭に浮かぶのは、私にとって都合のいい妄想ばかり。しかも、どれも非現実的だ。

こんな妄想が、叶《かな》うわけがないじゃない……。

そして、痛感させられる。私が、孤独だということに……。

『他人を信じない』、『信じるのは自分の力だけ』。そんなルールに基づいて行動してきた私には、特別な友人……『親友』という存在が一人たりともいないのだ。

ジョーロ君を除くと、私が学校でまともに話すのは日向葵《ひなたあおい》と大賀《おおが》太陽《たいよう》だけ。ただ、二人と特別仲が良いかと聞かれるとそうではない。あくまで、学校で話す程度の仲だ。

その証拠に、夏休みになってから彼らから私へ連絡も、私から彼らへ連絡することもない。

いい関係は結べているが、その程度の関係とも言えてしまうレベルだ。

「……さみしいわ」

こんな時、相談ができる友達が欲しい。別に、問題を解決したいんじゃない。ただ、自分の話を聞いてくれるだけでいいんだ。だけど、そんな相手は私にはいない。

「親友が、ほしいの……」

それも、できれば私の中学とはまるで関係のない第三者が望ましい。

臆病者の私は、情報の漏洩《ろうえい》を極端に恐れるのだ。実際、小学生の時は友人だと思っていた相手に悩みを相談したら、翌日には全てバラされていた。

あんな経験は二度としたくない。だから、同じ中学に通う人は論外。

理想を言うと、私と同年代で、似たような境遇で、私とは違う観点の考えの持ち主だ。

「欲張りすぎ、よね……」

そんな都合のいい人間と、簡単に出会えるわけがない。

仮に出会えたとしても、人見知りの私がどうやって仲良くなる？　あぁ、本当に情けない。

自分の能力を向上すると考えておきながら、社交性においては最低のレベルじゃないか。

恋心を自覚しても、私にはそれを達成させるための能力がまるで備わっていない。きっと、このまま私はジョーロ君との関係を何一つ進展させることなく、中学を卒業するのだろう。

そして、お互いに別々の高校に進んで、二度と会えなくなる。

嫌だな……。そんなの、嫌だよ……。

「誰か、助けて……」

「静かにしてもらえますか？」

「すっ！　すみません！」

しまった……。またやってしまった……。

隣から聞こえてくる淡々とした言葉に、私は体を縮こませながら謝罪をする。

もうダメだ……。図書館に来ても、本に集中できないし、隣の人には迷惑をかけるし、私はどうしようもない女だ。もう、家に帰ろう。そして、明日から図書館に来るのはやめよう。

「はぁ……。夏休みくらい静かに過ごしたいのに、上手《うま》くいかないわね……」

隣の女性が、小さな愚痴をこぼす。隣で丸眼鏡に片三つ編みの地味な女がブツブツと文句を垂れ流していたんだ。きっと不快極まりなかっただろう。

……ごめんなさい、迷惑をかけて。もう帰るから、もう来ないから、安心して下さい。

心の中で謝罪を告げながら立ち上がり、ほんの少しだけ隣の女性へ視線を向け——

「う、嘘……」

隣を見て、私は驚いた。

なんて、なんて綺麗な人だろう……。

長くしなやかな黒髪に、座っていてもよく分かる整ったスタイル、思慮深さを感じさせる秀麗な目鼻立ち、黒真珠のような瞳。こんな綺麗な人に、私は今まで出会ったことがない。

まるで、美をそのまま集結させたような女の子が、私の隣に座っていた。

「なんですか？」

女の子は、私の視線に気がついたのか少し鬱陶しそうな表情を向けてきた。

まだあどけない、成長しきっていない顔から恐らく年は近いのだと思う。

「あの、その……」

一つの予感が生まれる。だけど、その予感は本当に正しいのだろうか？

私は臆病者だ。自分から誰かに声をかけることなんて、滅多にできない。

だから、どうしても上手に言葉が出てこない。何か言わないと、何か言わないと……っ！

「なぁ、あそこに座ってる子、すげぇ美人じゃね？」

「うわっ！　本当だ！　どうする、声をかけるか？」

「いやぁ～、まだ子供っぽいしやめといたほうがいいだろ。最悪、犯罪になる」

今さら気づいたが、この女性は他の利用者からの興味も惹《ひ》いているようで、ちらりほらりと周辺から男達《たち》の少し下賤《げせん》な言葉が聞こえてくる。

もしかして、さっきの文句は私ではなく、あの男達《たち》への言葉だったのではないだろうか？

「嫌になるわね……。結局、どこに行っても同じ……」

その言葉が、足踏みしていた私の背中を確かに押してくれた。

分かる……。分かるの……。貴女《あなた》の気持ちが、私にはよく分かるの。

だって、同じだもの……。私と貴女《あなた》は、同じだもの。

「ところで、何か私に話があるのではないですか？」

後になって思うと、私はなんてか細いきっかけで自信を持っていたんだと思わず笑ってしまいそうになるが、高揚感に包まれた今の私は気づかない。

奇跡が起きた。本当に、そう思っていたんだ。

「貴女《あなた》って今、いくつ？　あと、学年は？」

自然と、偽りの私ではなく本当の私で、彼女へと語り掛けていた。

「十二歳の中学一年生ですけど」

「なら、私と同じね。……色々と」

たった一つの懸念事項だった年齢も見事にクリア。今日はなんて素晴らしい日だろう。ジョーロ君への気持ちに気づけた日と同じくらい、幸せな気持ちが溢《あふ》れている。

「色々？　どういう意味かしら？」

同い年と伝えたからか、彼女のしゃべり方が敬語から切り替わった。

「今、教えてあげるわ」

自然に、まるで決まっていたかのように、私は自分が身につけている丸眼鏡を外し、次に片三つ編みを解いていった。こうして、私が自分から誰かに本当の姿を見せるなんてね。

しかも、その相手はたまたま図書館で出会った相手よ？　……ふふっ。面白いわ。

「……っ！　これは……予想外ね」

そこで初めて、少女は驚きで表情を強張《こわば》らせた。よかった……。こんな綺麗な子だから、私の本当の姿を見ても驚かないかもと思ったけど、そうでもなかったみたい。

どう？　驚いたでしょ？　……そうよ。私も、それなりに自信があるのだから。

「貴女《あなた》みたいな綺麗な人、初めて見たわ」

「私も、ついさっき同じことを考えていたわ」

彼女と友達になりたい。彼女を知りたい。彼女に私を知ってもらいたい。

溢《あふ》れる気持ちのままに、私は行動を続ける。

「虹彩寺《こうさいじ》菫《すみれ》。……貴女《あなた》は？」

「三色院菫子《さんしょくいんすみれこ》。……随分と似た名前をしているわね」

「すごいわね。まるで、自分の分身に出会ったみたい」

「さすがに早計ではないかしら？」

「そんなことはないわよ。だって、私には貴女《あなた》の悩みが分かるもの」

感覚的に理解できている。彼女が、抱えている悩みに。きっと彼女は、絶望の中にいるのだろう。誰も信じられず、一人でいたいと願っているのだろう。

「自分の外見が優れてしまったが故に、汚い感情を向けられて苦しんでいるのでしょう？」

「……ええ。その、通りよ……」

三色院菫子《さんしょくいんすみれこ》が沈んだ表情で、私の言葉を肯定する。折角の綺麗な顔が台無しだ。

安心して。私が、貴女《あなた》を助けてあげる。私なら、貴女《あなた》を助けられるから。

でも、もちろんタダじゃないよ？　助けてあげた分、私も助けてもらうんだから。

「大丈夫よ。ちゃんと、その苦しみから抜け出す方法はあるから」

「……っ！　ほ、本当かしら？」

瞳に涙を浮かべながら、三色院菫子《さんしょくいんすみれこ》が私を見つめる。

きっと、彼女は深く追い詰められているのだろう。自分の外見が優れてしまったが故に、襲い掛かった試練に心がつぶされかけているのだ。

「まず三年間、我慢する覚悟を持って。私の方法は、三年間は絶対にかかるから」

私達《たち》が中学三年生なら一年でよかったんだけど、残念ながら中学一年生。

だから、三年間。中学を卒業するまでは、この方法は使えない。

「長いわね……。だけど……そのくらいの覚悟は決められるわ」

聡明《そうめい》な……それでいて、強い子だ。三年間という長さを耐える覚悟をこの一瞬でするなんて。

きっと、私のことを信じてくれたからこその言葉だろう。なら、その信用に応えないと。

「ねぇ、虹彩寺《こうさいじ》さん。私は――」

「ビオラ。お友達には、そう呼んでほしいわ」

「……分かったわ。……ビオラ、私はどうすればいいのかしら？」

三色院菫子《さんしょくいんすみれこ》が、私を呼称で呼んでくれたのが嬉《うれ》しかった。

この短い時間で、彼女が私を『友達』と認めてくれたような気がしたから。

でも、それだけじゃ足りない。私がほしいのは『友達』ではないから。

私がほしいのは、ジョーロ君と大賀《おおが》太陽《たいよう》のような関係。

そして、その関係を三色院菫子《さんしょくいんすみれこ》と結ぶためには、彼女に与えなくてはいけないものがある。

「三年後……高校生になったら、誰も貴女《あなた》を知らない高校に入学するの。そして、貴女《あなた》は姿を変える。そうすれば、もう二度と汚い感情は向けられなくなるわ。どんな姿になればいいかは、

「分かるわよね？」

自分の希望と三色院菫子《さんしょくいんすみれこ》の希望を、同時に叶《かな》える言葉を私は紡《つむ》ぐ。

「貴女《あなた》になればいいのね」

「正解よ」

話が早くて助かる。きっと、この子はかなり賢い女の子なのだろう。その事実が、より一層私の胸を高揚させる。私は、どんどん三色院菫子《さんしょくいんすみれこ》が好きになっている。

「じゃあ、貴女《あなた》の問題が解決したところで、次は私の問題ね」

「どういうことかしら？」

「実はね、私は私で貴女《あなた》とは別の問題を抱えているの。だけど、その問題を一人では解決できない。だから、貴女《あなた》に手伝ってもらうわ」

「もしかして、そのために私にさっきの方法を教えてくれたのかしら？」

三色院菫子《さんしょくいんすみれこ》の目が、僅かに鋭くなる。

「ええ。その通りよ」

だけど、私はまるで物怖《ものお》じせずにあっけらかんと返答した。

「お友達が困っていたら、助けるのは当たり前でしょう？」

「……やってくれたわね」

怒っているというよりは、手玉に取られて悔しがっている表情だ。

なるほど。三色院菫子《さんしょくいんすみれこ》は、案外子供っぽいところがあるのか。……私と同じだな。

「そんなに怒らないでほしいわ。お詫《わ》びに、一ついいものを貸してあげるから」

「何かしら？」

「私のあだ名。やっぱり、お友達同士はお互いをあだ名で呼び合わないとね」

「お互いに同じ呼称というのは、逆に気味が悪くないかしら？」

「問題ないわ。……だって、私には二つの名前があるのだから」

「二つ？」

「そう。私の大好きな人が、私につけてくれた二つの名前。そのうちの一つを、貴女《あなた》に貸してあげる。でも、必要な時が来たら返してもらうわ」

いつか、私はジョーロ君に本当の私を伝える。

丸眼鏡に片三つ編みの地味な姿に、弱々しい『菫《ビオラ》』じゃない本当の『菫《わたし》』を。

その時に、もう一つの名前が必要だ。だから、この名前は貸すだけ。

今だけは、三色院菫子《さんしょくいんすみれこ》を助けるために、三色院菫子《さんしょくいんすみれこ》に貸してあげよう。

「分かったわ。ビオラに必要な時が来るまで、貸してもらうわね」

「ええ。なら、貴女《あなた》は今から……」

ここから先は、私と『彼』と『彼女』の物語。

だけど、この先にハッピーエンドは待っていない。私は、全てを失うのだから。

でも、後悔はない。歪《いびつ》な私と歪《いびつ》な三色院菫子《さんしょくいんすみれこ》には、この方法しかなかった。
もし全ての記憶を持ったままやり直せるとしても、私はまた同じことを繰り返すだろう。

「『三色菫《パンジー》』。この名前を、貴女《あなた》に貸してあげる」

私は忘れていた。自分には、周りを苦しめてしまう激しい毒があるということを。
どうして、私はこうなのだろうと考えた時、ふと自分の名前のことを考えてた。
『菫《すみれ》』という花は、全部で三つ存在する。
ジョーロ君がくれた『菫《ビオラ》』と『三色菫《パンジー》』以外にもう一つ。
その三つ目が、もしかしたら私を象徴するのに最もふさわしい花なのかもしれない。
自分の毒を忘れていた私は、二つのことを見逃す。
私と三色院菫子《さんしょくいんすみれこ》がよく似すぎているということ、私を想《おも》うあの人の気持ち。
私の毒は破壊する。あの人の、ジョーロ君を想《おも》う気持ちを。
私の毒は破壊する。ジョーロ君にとって、最も大切な絆《きずな》を。
そんなつもりはなかった。そんなことになるなんて、思ってもみなかった。
気づいた時にはもう全てが手遅れ。
必死にもがき、修復しようとしてもダメだった。

私の毒は全てを破壊し、最後に私自身をも破壊する。
私は全てを失い、会えなくなる。大好きなジョーロ君に、大好きなパンジーに。
ごめんなさい、ジョーロ君、パンジー。本当に、ごめんなさい……。
私を象徴する三番目の『菫《すみれ》』。それは……
『菫《トリカブト》』っていうんだ。

あとがき

二〇一九年は、本当に色々と貴重な経験をさせていただき、私にとっても特別な一年となりました。二〇二〇年は、世界規模で大変なことが起き、必然的に影響を受けることになってしまいましたが、誰も悪くないことなので、ただただ歯がゆい気持ちですね。

この悔しさは、次のアニメ化の時にぶつけようと思います。アニメ化は一回ではない、何度でも挑戦することができるのが、この業界のいいところであり、残酷なところでもありますね。

私は、やぎ座のB型《びいがた》なのですが、とあるバラエティ番組で二〇二〇年の運勢ランキングで三位に輝きました。内容は、『頑張った分だけ嬉《うれ》しい結果が付いてくる』。

要するに、頑張り続けるってことです。

さて、そんな近況はさておき、そろそろ作品の話をば。

この十四巻のお話は、私にとって色々と感慨深いものとなりました。

今までに描いてきたジョーロ君達《たち》の物語の一つの終幕。

ラブコメを書く以上、ここだけは決して濁さずにしっかりと書き切ろうと連載当時から決意していた部分なので、こうして書き切れたのは、嬉しくもあり申し訳なくもあります。

そして、いよいよ『彼女』……ビオラさんが出てきました。

一巻執筆当時から、名前と設定だけはずっと存在していたのですが、五巻でほんの少しだけ登場して以来、まったく登場してこなかった『彼女』のお出ましです。

実は、十四巻までの間に『彼女』のあだ名のヒントはいくつか出させていただいたので、あだ名や彼女が何者か、気づいている人はいたかもしれませんね。

ご本人も言っていましたが、ここからは『彼女』の物語です。

ここまで、自分が書きたいものを書かせてくれた『俺を好きなのはお前だけかよ』もついに、ラストスパート。今までに積み重ねてきたもの全てを使って、このお話を全力で描かせていただくつもりなので、よろしければ最後までお付き合いいただけると幸いです。

では、謝辞を。

十四巻を購入していただいた、読者の皆様、ここまで付き合っていただき、誠にありがとうございます。もうすぐ、タイトル回収します。

ブリキ様、今回もまた素敵なイラストを感謝です。そして、すみません。偶数巻ではありますが、今巻は、さすがにいつものアレをお願いできませんでした。

担当編集の皆様、今回も貴重なお時間を割いていただき誠にありがとうございます。三章の各キャラのシーンで、あれでもないこれでもないと話し合った時間は決して忘れません。

駱駝《らくだ》

◉駱駝著作リスト

「俺を好きなのはお前だけかよ」（電撃文庫）
「俺を好きなのはお前だけかよ②」（同）
「俺を好きなのはお前だけかよ③」（同）
「俺を好きなのはお前だけかよ④」（同）
「俺を好きなのはお前だけかよ⑤」（同）
「俺を好きなのはお前だけかよ⑥」（同）
「俺を好きなのはお前だけかよ⑦」（同）
「俺を好きなのはお前だけかよ⑧」（同）
「俺を好きなのはお前だけかよ⑨」（同）
「俺を好きなのはお前だけかよ⑩」（同）
「俺を好きなのはお前だけかよ⑪」（同）
「俺を好きなのはお前だけかよ⑫」（同）
「俺を好きなのはお前だけかよ⑬」（同）
「俺を好きなのはお前だけかよ⑭」（同）

本書に対するご意見、ご感想をお寄せください。

ファンレターあて先
〒 102-8177　東京都千代田区富士見 2-13-3
電撃文庫編集部
「駱駝先生」係
「ブリキ先生」係

本書は書き下ろしです。

電撃文庫

俺《おれ》を好《す》きなのはお前《まえ》だけかよ⑭

駱駝《らくだ》

2020年6月10日　初版発行

発行者　郡司 聡
発行　株式会社KADOKAWA
〒102-8177　東京都千代田区富士見2-13-3
0570-06-4008（ナビダイヤル）
装丁者　荻窪裕司（META＋MANIERA）
印刷　株式会社暁印刷
製本　株式会社ビルディング・ブックセンター

ISBN978-4-04-913204-5　C0193　Printed in Japan

電撃文庫　https://dengekibunko.jp/

電撃文庫創刊に際して

文庫は、我が国にとどまらず、世界の書籍の流れのなかで〝小さな巨人〟としての地位を築いてきた。古今東西の名著を、廉価で手に入りやすい形で提供してきたからこそ、人は文庫を自分の師として、また青春の想い出として、語りついできたのである。

その源を、文化的にはドイツのレクラム文庫に求めるにせよ、規模の上でイギリスのペンギンブックスに求めるにせよ、いま文庫は知識人の層の多様化に従って、ますますその意義を大きくしていると言ってよい。

文庫出版の意味するものは、激動の現代のみならず将来にわたって、大きくなることはあっても、小さくなることはないだろう。

「電撃文庫」は、そのように多様化した対象に応え、歴史に耐えうる作品を収録するのはもちろん、新しい世紀を迎えるにあたって、既成の枠をこえる新鮮で強烈なアイ・オープナーたりたい。

その特異さ故に、この存在は、かつて文庫がはじめて出版世界に登場したときと、同じ戸惑いを読書人に与えるかもしれない。

しかし、〈Changing Times,Changing Publishing〉時代は変わって、出版も変わる。時を重ねるなかで、精神の糧として、心の一隅を占めるものとして、次なる文化の担い手の若者たちに確かな評価を得られると信じて、ここに「電撃文庫」を出版する。

1993年6月10日
角川歴彦

電撃文庫DIGEST　6月の新刊

発売日2020年6月10日

俺の妹がこんなに可愛いわけがない⑭　あやせif 下

【著】伏見つかさ　【イラスト】かんざきひろ

高校3年の夏、俺はあやせの告白を受け容れ、恋人同士になった。残り少ない夏休みを、二人で過ごしていく──。『俺の妹』シリーズ人気の新垣あやせifルート、堂々完結!

俺を好きなのはお前だけかよ⑭

【著】駱駝　【イラスト】ブリキ

今日は二学期終業式。俺、如月雨露ことジョーロは、サザンカ、パンジー、ひまわり、コスモスの4人の少女が待つ場所にこの後向かう。約束を果たすため、自分の本当の気持ちを伝えるため。たとえどんな結果になろうとも。

幼なじみが絶対に負けないラブコメ4

【著】二丸修一　【イラスト】しぐれうい

骨折した俺の看病のため、白草が泊まり込みでお世話にやってくる!?　家で初恋の美少女と一晩中二人っきりに……と思ったら、黒羽に真理愛に白草家のメイドまでやってきて、三つ巴のヒロインレースも激しさを増す第4巻!

とある魔術の禁書目録《インデックス》外典書庫①

【著】鎌池和馬　【イラスト】はいむらきよたか

鎌池和馬デビュー15周年を記念して、超貴重な特典小説を電撃文庫化。第1弾では魔術サイドにスポットを当て『神裂火織編』『「必要悪の教会」特別編入試験編』『ロード·トゥ·エンデュミオン』を収録!

声優ラジオのウラオモテ
#02 夕陽とやすみは諦めきれない?

【著】二月 公　【イラスト】さばみぞれ

「裏営業スキャンダル」が一応の収束を迎えほっとしたのも束の間、由美子と千佳を追いかけてくる不躾な視線やシャッター音。再スタートに向けて問題が山積みの中、《新·ウラオモテ声優》も登場で波乱の予感!?

錆喰いビスコ6
奇跡のファイナルカット

【著】瘤久保慎司　【イラスト】赤岸K
【世界観イラスト】mocha

『特番!　黒革フィルム新作発表　緊急記者会見!!』復活した邪悪の県知事·黒革によって圧政下におかれた忌浜。そんな中、記者会見で黒革が発表したのは"主演:赤星ビスコ"の新作映画の撮影開始で──!?

マッド·バレット·アンダーグラウンドⅣ

【著】野宮 有　【イラスト】マシマサキ

ハイルの策略により、数多の銀使いとギャングから命を狙われることになったラルフとリザ。しかし、幾度の困難を乗り越えてきた彼らがもう迷うことはない。悲劇の少女娼婦シエナを救うため、最後の戦いが幕を開く。

昔勇者で今は骨5
東国月光堕天仙骨無幻抜刀

【著】佐伯庸介　【イラスト】白狼

気づいたら、はるか東国にぶっ飛ばされて──はぐれた仲間たちと集まった先にいたのは、かつての師匠!　魔王軍との和平のために、ここで最後のご奉公!?　骨になっても心は勇者な異世界ファンタジー第5弾!!